ARND KRENZ

Auf historischen Pfaden

DAS BEHEXTE LENCHEN

2

2. Auflage 2022

Herausgeber: Arnd Krenz
Umschlaggestaltung: Media-Light Löbau - eine Marke der DP Media GmbH
Satz: Media-Light Löbau
Herstellung und Verlag: BoD – Books on Demand, Norderstedt
ISBN: 978-3-7543836-3-6

Inhaltsvereichnis
„Auf historischen Pfaden"
„Das behexte Lenchen"

Begebenheiten und Sagen aus der Oberlausitz

Liebe Leserinnen und Leser,

Das vorliegende Buch ist das Zweite der Reihe „Auf historischen Pfaden". Ging es in der ersten Ausgabe ausschließlich um die Stadt Löbau, präsentiere ich Ihnen hier Geschichten und Sagen aus der gesamten Oberlausitz sowie den angrenzenden böhmischen Gebieten. Damit ich sie authentisch erzählen konnte, haben ich fleißig in Archiven, in alten Zeitungen und Büchern gekramt. Teilweise sind Begebenheiten zum Vorschein gekommen, die literarisch nie verarbeitet wurden und in Vergessenheit gerieten. Es sind Geschichten, die den Alltag unserer Vorfahren schildern, wie sie lebten, liebten und arbeiteten. Einen Teil von ihnen kennt mancher vielleicht vom Hörensagen oder hat sie irgendwo schon gelesen. Doch auch bei diesen Erzählungen bzw. Sagen dürfen Sie gespannt sein. Ich habe sie aufgearbeitet und berichte sie in anschaulich unterhaltsamer Weise neu.

Das Buch mit Inhalt zu versehen, darüber mussten ich mir weißgott keine Sorgen machen. Die Oberlausitz bietet einen nahezu unerschöpflichen Vorrat an historischen Themen und Episoden. Alle zusammen könnten ungemein viele Bände dieser und anderer Buchreihen füllen. Das ist nicht verwunderlich, denn hier leben seit Ewigkeiten Deutsche und Sorben in einer abwechslungsreichen und wunderschönen Landschaft friedlich beisammen. Nie hatten sie einen eigenen Landesherren. Lange Zeit gehörten sie zur böhmischen Krone, mal zu Brandenburg, mal zu Ungarn. Später kamen sie zu Sachsen und auch die Preußen rissen über 130 Jahre einen Teil der Oberlausitz an sich. Die auswärtigen Herren residierten meist in der Ferne und so verwalteten die Bewohner ihr Land über Jahrhunderte größtenteils autark. Die einzelnen Begebenheiten im Buch spiegeln dies sowie die gesamte wechselvolle Geschichte der Region anschaulich wider. Um den Erzählfluss in den Episoden nicht zu stören, habe ich die historischen Zusammenhänge meist in einer kleinen Einleitung dargestellt. Einen Anspruch auf Vollständigkeit erhebt diese allerdings nicht. Vielmehr will ich Sie, liebe Leserinnen und Leser, anregen, bei Gelegenheit einmal selbst ins Lexikon, ins Internet oder Fachbuch zu schauen, um mehr über die aufregende Vergangenheit der Oberlausitz zu erfahren. Erkunden Sie Ihre Heimat und lernen sie diese auf neue Art schätzen und lieben. In dem Sinne wünsche ich Ihnen viel Spaß beim Durchstöbern der folgenden Seiten.

Herzlichst
Ihr Autor Arnd Krenz

Das behexte Lenchen

ooooo

Die folgende Geschichte hat sich im Süden der Oberlausitz, direkt an der Grenze zu Böhmen, zugetragen. Sie ist mehrfach schriftlich belegt und erregte in vielen deutschen Ländern großes Aufsehen. Fassungslos und teilweise ungläubig bekamen die Menschen von einem 10-jährigen Mädchen aus Zittau zu lesen, dem vom 7. Dezember 1701 bis 27. Juni 1702 gar wundersame und grausige Dinge wiederfuhren. ‚Mit schrecklicher Leibesbewegung‘, ist in einem Bericht von 1738 zu lesen, harter Brünstigung, oftmaliger Bekenntnis und Merkmalen bezauberten Zustandes als auch ungewöhnlicher Beredsamkeit" versetzte sie ihre Eltern und die übrige Umwelt in Schrecken und Verzweiflung.

Nur ein Schritt über die Pfütze

Anna Helene, so hieß das Mädchen, erhielt die Taufe am 17. März 1691 in der Zittauer Johanniskirche. Sie lebte zusammen mit ihrem Vater Zacharias Gottschalk, einem Mehl- und Grieshändler sowie ihrer Mutter Catharine in einem Häuschen auf der Pappelgasse (heute Breite Straße), die im Süden die Rosen- mit der Badergasse verband. Dem Reden der Einheimischen nach war sie ein frommes, stilles, leutseliges Kind. Keiner Menschenseele hatte sie

Zeichnung Altes Haus Gottschalk in der Breitestraße

bisher das Geringste zu Schaden getan. Umso erstaunter waren die Leute, als sich Lenchen aus heiterem Himmel grundlegend veränderte.

Ihren Anfang nahmen die Ereignisse an einem Mittwoch im Dezember des Jahres 1701. Die Zittauer freuten sich schon auf das bevorstehende Weihnachtsfest. Umso trauriger war es, dass man ausgerechnet jetzt einen lieb gewordenen Anwohner, den böhmischen Exilanten Martin Viertel, zu Grabe tragen musste. Gerade eben, die Uhr ging auf Mittag, schob sich der Trauerzug langsam die Badergasse hoch, auf die Johanniskirche zu. Vorn liefen die nächsten Nachbarn des Verstorbenen: in Schleier gehüllt auch Catharine Gottschalk, davor ihre Tochter Anna Helene. Die Menschen ringsum blieben stehen, einige traten aus ihren Häusern oder schauten stumm aus den Fenstern. Sie alle blickten auf den Sarg, und so bemerkte außer Catherine Gottschalk keiner, wie ihre Tochter soeben mit langem Schritt über eine Pfütze stieg, wie sie erschrak und plötzlich am ganzen Leibe zitterte. Aber weder Mutter noch Tochter ließen sich dadurch aus dem Tritt bringen. Während der Leichenpredigt erfasste Lenchen allerdings ein derart gewaltiger Schüttelfrost, dass die Mutter sie auf den Arm nehmen und mit ihr nach Hause eilen musste. Dort angekommen übergab sich das Kind, fuchtelte unkontrolliert mit den Armen und fiel sogar in eine kurze Ohnmacht. Ein am Nachmittag eilig aus der Apotheke herbeigeschafftes Fläschchen Schlagwasser linderte zunächst ihre Beschwerden. Die Eltern ließ das auf eine vorübergehende Unpässlichkeit hoffen. Sie ahnten nicht, dass sie am Anfang einer harten, nervenaufreibenden Tortur standen.

Die Anfälle häufen sich

Zum großen Verdruss der Eltern änderte sich am Zustand ihrer Tochter über das Weihnachts- und Silvesterfest nichts. Bei allen Krankheiten, die sie vermuteten, kam ihnen seltsam vor, dass Lenchen zwischen ihren Leidensschüben ein ganz normales Mädchen war. Über Stunden, sogar Tage, zeigte sie sich völlig gesund, und selbst als Brech- und Schüttelfrostattacken sie heimsuchten, konnten die Eltern bei ihr

10

kein Fieber feststellen. Gern hätte die Familie den Zustand ihrer Tochter geheim gehalten, doch unter besagten Umständen war das beim besten Willen nicht möglich. Erst in der näheren Umgebung, dann in der ganzen Stadt machte das Übel Anfang 1702 die Runde. So gesehen hatten die Gottschalks keine Hemmungen, öffentlich um Hilfe zu bitten. Zunächst fragten sie einen in der Stadt gut angesehenen Chirurgus. Helfen indes konnte er nicht. Er besah das Mädchen, schüttelte den Kopf und meinte:

„Ich kenne mich wohl aus mit gebrochenen Knochen, faulen Zähnen und Wunden, in diesem Fall jedoch bin ich mit meinem Latein am Ende, und quacksalbern will ich nicht. Auch wenn ihr tief in die Tasche greifen müsst, aber hier sollte der Physikus her! So einer hat studiert und kennt sich mit allerlei seltsamen Krankheiten trefflich aus."

Schon am nächsten Tag saß der herbeigerufene Stadtphysikus bei Lenchen in der Kammer. Der Doktor besah das Mädchen und fragte, wie sie sich fühle. Er klopfte hier, drückte da und las von Zeit zu Zeit in einem dicken Buch. Nach einer Weile bangen Wartens schaute er ratlos über den Rand seiner Brille.

„Eure Tochter ist am ganzen Körper und im Geiste vollkommen gesund!"

Er bedeutete den Eltern Geduld zu haben und reichte ihnen einen mit allerlei lateinischen Begriffen ausgefüllten Zettel.

„Geht damit zum Herrn Apotheker und gebt der Anna Helene dreimal täglich von dieser Tinktur. Dann wird ihr schon besser werden."

Lenchens Eltern taten wie ihnen geheißen, aber zum Entsetzen trat statt einer Genesung das Gegenteil ein. Die Anfälle häuften sich und nahmen zum Teil skurrile Formen an, sodass die Gottschalks fremde Hilfe ins Haus holen mussten. Einmal reckte Lenchen im Liegen ihren Bauch in die Höhe und verbog das Rückgrat derart unnatürlich, dass sie aus dem Bett gefallen wäre, hätten sie nicht zwei Männer festgehalten. Ein anderes Mal verzerrte sie ihr Gesicht, reckte die Arme von sich, sprang behände auf die Diele, auf den Tisch und von dort aus zum Fensterbrett. Wiederum mussten die Männer sie festhalten, sonst hätte sie das Fenster geöffnet und wäre hinausgesprungen. In regelmäßigen Abständen wiederholte Lenchen derartige Aufführungen, ohne sich an diese erinnern zu können. Genauso wusste sie nicht, wie sie manchmal ihren Mund zum Karpfenmaul machte. Ihre Augen traten aus den Höhlen und einem Fisch gleich wuchs ihr Bauch zur Trommel. Dabei gab Lenchen abartig glucksende Geräusche von sich.

Insbesondere Lenchens Mutter war mittlerweile mit ihren Kräften am Ende. Den ganzen Tag lief sie heulend durchs Haus, wusch und putzte, was das Zeug hielt. Sie musste das umso mehr, da Mitte des Monats Januar eine Unmenge Läuse den Kopf ihrer Tochter plagten. Auch Lenchen schien das beträchtliche Qualen zu bereiten. Sie nahm eine Handvoll aus ihrem Haar, warf die Plagegeister in die Stubenecke und schrie:
„Da hast du deine Läuse wieder, du alte Hexe!"
Zur Verwunderung aller schien dieser Wutausbruch von Erfolg gekrönt. Von da an war nicht eines dieser Tierchen mehr an ihr zu finden. Wie sie das bewerkstelligt und welcher Hexe sie das Ungeziefer zurückgegeben hat, darauf freilich wusste das Lenchen zu dieser Zeit keine Antwort.

Ich muss fort

Trotz ihrer Befreiung von den Läusen hatte Lenchen eines Tages aller Lebensmut verlassen. Frühmorgens rief sie die Familie und Bekannte an ihr Bett und sprach:
„Ich muss fort, ihr aber bleibet hier. Habe ich etwas Ungeschicktes geredet, so schreibet es meinem Verstande zu. Habe ich etwas Unanständiges getan, so rechnet es meiner Krankheit an."
Kaum hatte sie diese Worte gesprochen, brachen die Symptome ihrer Krankheit auf bisher nie da gewesene Weise aus. Unter grässlichem Kreischen wälzte sie sich von Krämpfen geschüttelt hin und her. Sie spuckte, schrie mit einem Mal unflätige Ausdrücke und entblößte wie eine Dirne ihren Unterleib. Dann - das Gesicht zur teuflischen Fratze entstellt - streckte sie plötzlich die Arme von sich. Ihr Leib schnellte ruckartig in die Höhe, sodass sich Schultern und Kopf regelrecht ins Bett hineinbohrten. Anschließend sackte sie in sich zusammen und bleib

ohne einen Hauch regungslos im Bett liegen.

Erstarrt und keines Wortes fähig, standen die Zeugen des Geschehens an Lenchens Bett. Nach einer gefühlten Ewigkeit brach die Mutter schluchzend zusammen. Verzweifelt umklammerte sie ihr Kind. Wieder und wieder rief sie den Herrgott an, ihr doch das Liebste nicht zu nehmen. Doch vergebens, das Mädchen gab kein Lebenszeichen mehr von sich, ihr Körper wurde langsam kalt. Allmählich akzeptierten die Eltern den Tod und bestellten kurz vor 1 Uhr Mittag den Pfarrer zum Totengebet. Nachdem dieser gegangen war, hob Vater Lenchen behutsam aus dem Bett. Tränenerfüllt küsste er zum letzten Mal seine Tochter und … er konnte es nicht glauben, aber just in diesem Moment blinzelte Lenchen, machte den Mund auf und kam langsam zu sich. Irr vor Freude schrie Mutter die gesamte Nachbarschaft zusammen. Als Vater halb noch weinend das Lenchen mit erstickten Worten fragte, wo um Gottes willen sie gewesen sei, erhielt er von einem entkräfteten Stimmchen zur Antwort:
„Ich weiß es nicht lieber Vater, ich weiß es nicht. Was ist denn geschehen?"

Jetzt sehe ich dich!

Wo immer Lenchen gewesen sein mag, was immer sie in der jenseitigen Welt erlebte; ihr Unterbewusstes schien nach dieser Reise zu wissen, wer für ihr Martyrium verantwortlich war. Bereits am nächsten Tag stieg Lenchen von Geisterhand geführt aus dem Bett, sah sich um und richtete den Finger gegen die Wand:
„Jetzt sehe ich dich", verkündete sie mit dämonischer Stimme.
„Nun weiß ich, wer du bist! Ich will dich wohl nennen! Du trägst ein Hückel Schwefel auf dem Buckel. Du kniest vor dem Krausköpfigen nieder und buhlst ihn an. Siehe, wie er dir in die Ohren zischelt. Du bist bei uns im Hause gewesen, droben in der Stube hast du gewohnet. Ich kenne dich wohl. Ich will dich nennen und darf nicht. Doch du sollst es mir nicht wehren."
Lenchens Eltern und der zufällig anwesende Großvater fragten, wer

es denn sei, den sie nicht nennen dürfe. Zunächst bekamen sie keine Antwort und so zählten sie schnell ein paar infrage kommende Personen auf. Kaum war der Name Sabine gefallen, schreckte das Mädchen auf:

„Ja ja die ist es! Es ist die alte Sabine!"

Sie sprach hastig und voller Furcht, als ob keine Menschenseele je davon wissen dürfe. Dann war Schluss - so schnell, wie der Anfall gekommen war, endete er wieder. Mehr war von Lenchen im Moment nicht zu erfahren. Sie stürzte rücklings ins Bett, erwachte und konnte sich wie jedes Mal an nichts erinnern.

Recht glauben wollten die Eltern ihrer Tochter allerdings nicht.

„Die Sabine soll also mit dem Teufel buhlen!"

Vater Gottschalk schaute seine Frau an. Wie konnte das sein, war doch die alte Sabine ihr ganzes Leben ein anständiges Weibsbild gewesen, stets freundlich, mit einem guten Wort zu allen. Die Leute in der Stadt nannten sie die Zwirn-Sabine, weil sie mit Garnen handelte. Jeden Mittwoch und Sonnabend stand sie an ihren Karren gelehnt auf dem Markt. An den anderen Tagen lief sie von Haus zu Haus, ihre Waren feilzubieten. Die Menschen mochten sie und keiner würde ihr die kleinste Missetat zutrauen. Genauso wie Vater Gottschalk war auch Mutter Catharine skeptisch:

„Lenchen hat das in ihrer Verwirrung gewiss nur gesagt, weil ihr die Sabine, da sie sie schon lange kennt, gerade eingefallen ist."

Dieses Argument war nicht von der Hand zu weisen, denn die alte Sabine wohnte vor zwei Jahren noch oben bei den Gottschalks in der Kammer. Danach war sie um die Ecke in ein größeres Haus auf die Rosengasse gezogen. Trotzdem hatte sie ihre ehemaligen Wirtsleute nicht vergessen und kam hin und wieder zu Besuch. Mit Lenchen verstand sie sich gut. Häufig saßen die beiden zusammen im Garten und Sabine erzählte der Kleinen vom Handwerk der hiesigen Weber, vom Handel mit edlen Stoffen, von fernen Ländern und schönen Kleidern. Die Sabine eine Hexe? Nein das konnte nun wirklich nicht sein! In diesem Punkt waren Lenchen Eltern sich einig.

Die Sache mit der Sabine behielten die Gottschalks zunächst für sich.

Statt dem Hexenverdacht weiter nachzugehen und alle Ratschläge sowie Tinkturen der Ärzte für die Katz waren, reifen sie in ihrer letzten Hoffnung den Pfarrer der Nikolaikirche zu Hilfe. Er sollte dem geplagten Lenchen mit seinem Trost beiseite stehen. Vielleicht gelang es ihm sogar, das Kind von seinem Leiden zu befreien. Der Pfarrer kam gern, denn er kannte die Familie schon lange und schätzte sie als fromme Kirchgänger. Seit dem Begräbnis des Martin Viertel im vergangenen Jahr wusste er, wie alles begann und wie tapfer Lenchen mit ihrer Krankheit kämpfte. Am Ende aber kannte auch er keinen Rat. Zwar sah er die Anfälle kommen und gehen, betete fleißig und fragte das Mädchen nach dem Katechismus ab. Doch außer der Erkenntnis, dass sie sich klaren Verstandes im Letzteren bestens auskannte, war dem tiefer sitzenden Übel mit christlicher Assistenz offenbar nicht beizukommen.

„In die Anna Helene ist vermutlich das Böse gefahren", konstatierte er und riet für diesen Fall einen Spezialisten hinzuzuziehen.

„Den Beelzebub austreiben zu lassen ist zugegeben keine schöne Angelegenheit."

Der Pfarrer schaute die Eltern eindringlich an.

„Besser ihr kommt selber dahinter, wer eure Tochter bezaubert, dann können die weltlichen Gerichte dem Spuk womöglich ein Ende bereiten – wenn ihr versteht, was ich meine …"

„Nun sei es drum", seufzte Lenchens Mutter und sah ihren Mann fragend an.

„Sagen wir's dem Herrn Pfarrer? Schließlich geht es um das Leben unserer Tochter!"

Freimütig, jedoch nicht ohne Gewissensbisse, berichteten sie dem Geistlichen, wen Lenchen neulich als Hexe beschuldigte. Sie erzählten ihm auch, wie sie beide mit sich ringen, diese Bezichtigung nach außen zu tragen. Schließlich ging es um die Zwirn-Sabine, ein anständiges, gottesfürchtiges Frauenzimmer. Der Pastor beruhigte die Eltern und legte ihnen die Hand auf die Schulter:

„Ladet die Sabine ein und führt sie zur Anna Helene. Habt beide währenddessen gut im Auge und wartet, was geschieht. Ist die Sabine eine Hexe und hat es auf euer Töchterlein abgesehen, wird sie sich von allein verraten."

Inzwischen war der März ins Land gegangen, die Tage nicht mehr allzu kalt. Lenchens Eltern hatten beschlossen, den Rat des Pfarrers zu befolgten. Sie baten die Sabine zu kommen. Das kranke Lenchen wolle sie einmal wiedersehen, sagten sie ihr. Und tatsächlich: Am nächsten Tag gegen 9 Uhr am Vormittag stand die gebeugte Alte an ihrem Haus. Mühsam auf ihren Gehstock gestützt kletterte sie die steile Treppe hinauf und setzte sich an Lenchens Bett. Wie es der Kleinen denn ginge, fragte sie. Die Eltern hatten vorher vereinbart, kein Blatt vor den Mund zu nehmen und erzählten der Sabine freiweg, wessen Lenchen sie bezichtigte. Ein Hauch von Betroffenheit fuhr über das Gesicht der Alten. Einen Moment war ihr der Unmut anzumerken. Augenblicklich stieß sie dreimal mit ihrem Gehstock auf die Diele.

„Biss nur stille", zischte sie und sah zur Kammertür.

Bald aber beherrschte sich die Sabine wieder und unterhielt sich im ganz normalen Ton, wie man es von ihr gewohnt war, mit Lenchen und ihren Eltern.

„Wenn ich heimkomme", meinte sie zum Abschied, „will ich niederknien und ein Vaterunser für dich beten."

Sie streichelte Lenchen über Arme, Gesicht sowie Schulter.

„Du wirst noch eine schöne Jungfer werden und deinen Eltern viel zu lachen machen."

Darauf drehte sie einen Schlüssel seltsam um ihren Stock herum, steckte ihn unter Lenchens Bettdecke und anschließend wieder in ihre Rocktasche. Dann ging sie.

Kaum war die Alte aus dem Haus, setzte bei Lenchen der nächste Schub ein. Unnatürlich verrenkte sie ihre Glieder, schrie, spuckte und sprach Worte, die unmöglich aus ihrem Ich stammen konnten. Wie stets unterbrochen von normalen Phasen, gingen die Anfälle bis zum Abend weiter. Beim Letzten blieb Lenchen körperlich ruhig, dafür redete sie mit unnatürlich tiefer Stimme und offenbarte:

„Vater ihr werdet in der Nacht Wunderdinge hören. Die Sabine wird etwas vom Vorsatz des Weinstockes schneiden."

Der Weinstock rankte direkt an der Wand des Hauses zur Pappelgasse hin. Somit kein Hindernis für den Vater, die Hexe einfach von dort zu vertreiben - vorausgesetzt sie käme wirklich. Die Stimme in Lenchen jedoch warnte:

„Vater geht nicht hinaus! Es wird viermal ein Wind wehen, Schlag 12 das letzte Mal, dann wird es kräftig stürmen. Der Wind wird euch Kopfschmerzen bereiten, die ihr euer Leben lang nicht verwinden werdet."

Außerdem bat Lenchen, tunlichst alle Fenster sowie Türen zu schließen und weder hinaus zu gehen noch jemanden ins Haus zu lassen. Zunächst wollten die Eltern dem Ganzen keinen Glauben schenken. Doch nachdem von einer Minute zur Anderen der Wind tatsächlich anfing zu blasen, ward allen unheimlich und sie hockten sich ängstlich in der Stube zusammen. Bei der zweiten Böe sprach Lenchen: „Jetzt schneidet die Sabine am Weinstock."

Noch grusliger überlief es die Gottschalks, als kurz nach sieben jemand an der Eingangstür klopfte.

„Wer ist da, was wollt ihr", rief die Mutter ängstlich in den Hausflur.

Sie konnte aufatmen, es waren nur die zwei Mägde vom Stadtphysikus. Ihre Herrschaft hätte sie geschickt, meinten die Mädchen, um dem kranken Lenchen ein gutes Essen zu bringen. Arglos öffnete Catharine die Tür. Sogleich blies ihr der Wind heftig ins Gesicht. Er pfiff durch den Korridor geradewegs in den Garten hinaus. Catharine erschrak ein Wenig, dachte sich aber nichts weiter und ging mit dem Topf in der Hand zurück in die Stube. Unglücklich und in sich zusammengesackt hockte Lenchen auf dem Sofa:

„Nun ist's der Alten gelungen! Mit dem Wind ist sie durchs Haus gefahren und hat ihr Hexenwerk beendet. Jetzt muss ich leiden!"

In dieser Nacht erging es Lenchen zunehmend schlechter. Sie schrie derart erbärmlich, dass Außenstehende meinten, ihr würden sämtliche Glieder aus dem Leib gerissen. Dabei zeigte sie abartige Leibesbewegungen, die bei vorhergehenden Anfällen noch niemand gesehen hatte. Selbst die viel bestaunte Schlangenfrau, der kürzlich hier durchziehenden Gauklertruppe, wäre dazu nicht in der Lage gewesen. Es war genauso gekommen, wie es Lenchen vorausgesagt hatte. Sogar am Weinstock konnte man einen frischen Schnitt sehen.

In unseren Mauern scheint ein Weibsbild mit dem Leibhaftigen zu buhlen

Dem Zittauer Gericht schien die Angelegenheit Anna Helene Gottschalk jetzt doch verdächtig. Bisher hatten die Herren im Rathaus, allen voran der Bürgermeister, nicht viel auf das Gerede der Leute gegeben. Vielmehr hielten sie das Gebaren der Gottschalkschen Tochter für eine bedauernswerte Krankheit, wenn nicht gar beginnenden Blödsinn. Die neuerlich durchsickernden Gerüchte, verbunden mit dem schrecklichen Verdacht, eine Hexe treibt in Zittau ihr Unwesen, veranlassten das Gericht jedoch zum Handeln. Am 29. März 1702 schickte es zwei seiner Diener in die Pappelgasse. Am Haus der Gottschalks angekommen bedeuteten selbige den Eheleuten, sofort ins Rathaus zu gehen, wo sie sich beim Scabinus (Ratsherr, Schöffe) zu melden hätten. Die Gerichtsdiener wollten inzwischen bei Lenchen bleiben und auf sie aufpassen.

Eine halbe Stunde später standen die Gottschalks in der Gerichtsstube. Wohl war ihnen in diesem Moment nicht zumute. Catharine zitterte am ganzen Körper. Der Herr Bürgermeister persönlich hatte sich der Sache angenommen. Er saß, flankiert von vier Ratsherren, mit streng aufgesetzter Mine vor dem Ehepaar. Angefangen bei den Ereignissen in der Adventszeit vorigen Jahres, als sie den Exilanten Martin Viertel zu Grabe trugen, bis zum nächtlichen Spuk vor zwei Tagen, mussten die Gottschalks den hohen Herren alles haarklein schildern. Tief drinnen taten sie sich schwer, denn weiterhin fühlten sie Erbarmen mit der alten Sabine, konnten trotz allem immer noch nicht glauben, dass sie eine Hexe sei. Bürgermeister und Ratmannen sahen das freilich anders. Nachdem die Gottschalks gegangen waren, eröffnete der Bürgermeister dem anwesenden Gremium:

„Ehrenwerte Herren, wie wir gerade vernommen haben, scheint in unseren ehrwürdigen Mauern ein Weibsbild mit dem Leibhaftigen zu buhlen und in seinem Auftrag Kinder zu bezaubern."
Die anwesenden Ratsherren nickten zustimmend.

„Zögern wir deshalb nicht!"

Entschlossen wies er an: „Sperrt diese, der Hexerei verdächtige, Zwirn-Sabine noch heute Nachmittag ins Stockhaus!"

Jetzt gab es kein Zögern, kein Überlegen mehr. Schon kurz nach dem Mittag standen die Gerichtsdiener in der Rosengasse. Eben noch hatten sie auf Lenchen aufgepasst, diesmal klopften sie, begleitet von vier Stadtsoldaten, heftig am Haus der Sabine. Weil kein anderer Bewohner da war, öffnete Sabine selber die Tür. Sofort packten zwei der Stadtsoldaten zu und zerrten die alte Frau auf die Gasse. Sie konnte nicht fassen, wie ihr geschah. Gelähmt vor Schreck kam nur ein hilfloses Krächzen aus ihrem Hals.

„Ihr werdet der Hexerei beschuldigt und seid arretiert", herrschte sie einer der Gerichtsdiener von der Seite an.

Dann schleppte der Trupp die Zwirn-Sabine, von Passanten begafft, von einigen bespuckt, die Pappelgasse entlang ins Stockhaus an der Badergasse. Was zurück blieb, war ihr Krückstock. Er lag mutterseelenallein auf der Türschwelle zwischen Gasse und offenem Flur. Der Hausbesitzer hob den Stecken beim Heimkommen auf und schmiss ihn achtlos auf seinen Holzhaufen im Garten. Dass die Sabine ihren Stock nie wieder brauchen wird, stand für ihn so gut wie fest …

Erst in dem Augenblick, wie der Stockmeister die Tür zur unteren Gefängniszelle aufschloss, kam Sabine vollends zu Bewusstsein, wessen man sie beschuldigte. Sie erkannte die Konsequenzen und ahnte, dass eben der Vorraum ihrer persönlichen Hölle aufging. So gut sie konnte, wehrte sie sich.

„Was wollt ihr von mir, lasst mich gehen, ich bin keine Hexe!"

Sie zappelte und schrie.

„Nehmt die Hände von mir, ihr Hurensöhne! Ihr seid alle des Teufels, in ewiger Verdammnis werdet ihr für diese Tat schmoren!"

Den Männern waren die Flüche nicht egal. Ein grausiger Schauer fuhr ihnen durch Mark und Bein. Immerhin hatte diese Hexe noch genügend Kraft, sie dem Leibhaftigen zu übereignen. Das durfte auf keinen Fall geschehen! Schnell wollten sie den Auftrag des Bürgermeisters beenden.

„Legt die Hexe kreuzweise in Ketten und zieht sie vom Boden, damit sie ihrer Zauberkraft benommen werde", hatte er ihnen befohlen.

Zu siebt stürzten die Männer auf Sabine, hielten sie brutal fest, banden Arme und Beine an die Ketten und zogen die zeternde Alte in die Höh. Auf dass sie dort oben bis zu ihrem Prozess hängen bliebe.

Glaubt man den Chronisten, bestieg Lenchen am nächsten Morgen mit schamhaften Gebärden und beglückter Mine einen Stuhl und sang inbrünstig das Lied:

„Nun danket alle Gott."

Anschließend sprach sie über eine Viertelstunde lang ausschließlich von geistlichen Dingen. Die Eltern freuten sich und dachten, der Spuk hätte ein Ende. Ihr Jubel kam zu früh. Nach diesem Auftritt ging ihre Tochter wieder zu Bett, darin sie ihren Körper wie gewohnt in schauderhafter Weise hin und her warf. Auch in der nächsten Zeit änderte sich an Lenchens Zustand nichts. Religiöse Einlassungen wechselten regelmäßig mit krampfhaften Anfällen. Nach Ansicht der Gottschalks konnte das eigentlich nicht sein, da die vermeintliche Hexe, ihrer Grundlage beraubt, ja buchstäblich in der Luft hing. Also musste erneut der Pfarrer her. Der aber wusste auch keinen Rat. Er fragte Lenchen lediglich, ob sie Erinnerungen an die Anfälle sowie religiösen Reden habe. Das Kind meinte nein, nur hätte sie immerfort einen seltsamen Traum. Sie würde auf einer schönen grünen Wiese stehen, wo ein Männlein im weißen Gewand zu ihr spräche:

„Mein liebes Kind, ich führe dich nun zum letzten Mal auf die grüne Wiese, nun wird dir besser werden."

Jedes Mal, meinte das Mädchen, würde zugleich die alte Sabine auf die Wiese wollen, doch das Männchen hielte sie beharrlich davon ab. Alles Träumen jedoch war umsonst. Es blieb bei dem Männlein und es blieb bei Lenchens Leiden – jedenfalls bis zum 21. Juni des Jahres 1702.

Die Alte hat ihre Qualen überstanden

Jener Mittwoch war schon frühmorgens ein außergewöhnlich warmer Sommertag. Der Zittauer Stockmeister machte seine Runde, um nach den Gefangenen zu sehen sowie ihnen Brot und Bier zu bringen. Sein erster Gang führte ihn wie üblich in die „Hexenzelle". Diesmal allerdings war etwas anders. Statt monotonem Stöhnen und Schluchzen war heute absolute Stille. Wie er hochschaute, sah er die Bescherung: Zwischen den Ketten hing Sabines Kopf schlaff herab.

„Hat doch nicht etwa der Teufel ihr den Hals umgedreht", dachte er bei sich.

Damit er sich überzeugen konnte, ließ der Kerkermeister die Ketten ein Stück herunter. Erleichtert stellt er fest:

„Sie ist tot! Hexe hin oder her, die Alte hat ihre Qualen endlich überstanden!" Überhaupt war das Ganze seiner Meinung eine fragwürdige Angelegenheit. Fast drei Monate hing die Zwirn-Sabine schwebend in Ketten. Ihr Hexenprozess hätte längst stattfinden müssen, doch das landesherrliche Gericht schien daran kein großes Interesse zu zeigen. Wahrscheinlich setzte es von Anfang an auf solch eine Lösung. Aber das war nur seine Meinung, die auszusprechen er niemals gewagt hätte. Länger, soviel stand fest, hätte es nicht dauern dürfen mit der Zwirn-Sabine. Die Zittauer Bürger wurden langsam unruhig und die Familie Gottschalk kam wegen ihrer Anzeige ins Gerede. Noch dazu, wo es ihrer Tochter nach Inhaftierung der vermeintlichen Hexe nicht besser ging. Jetzt war hoffentlich Schluss mit dem Gerede und die Leute vergessen die Sache. Schnell lief der Stockmeister zum Rathaus, den Tod der Hexe zu melden. Noch in der drauffolgenden Nacht schleifte der Scharfrichter Sabines Leiche, wie es damals üblich war, auf einer Kuhhaut hinaus aus der Stadt zum Galgen. Dort ließ er sie würdelos in ein Loch fallen, schüttete es zu und fertig.

Nun wird sich Gott meiner erbarmen

Es brauchte nicht lange, bis die Nachricht vom Tod der Zwirn-Sabine in der Stadt herum war. Viele Zittauer Bürger waren erleichtert. Zweifler dagegen schüttelten angesichts der Vorwürfe und des fragwürdigen Vorgehens gegen die Sabine den Kopf. Sie hielten den Hexenwahn für völlig überzogen. Was das Lenchen betraf, könnte man meinen, die nächsten Tage belehrten sie eines Besseren. Nachdem die Mutter am Vormittag ihrer Tochter erzählt hatte, was passiert war, richtete diese sich im Bett auf und sprach:

„Seid getrost, nun wird sich Gott meiner erbarmen und mir wieder helfen."

Das tat Letzterer offenbar, denn von Stunde zu Stunde ging es dem Mädchen besser. Fünf Tage später, am Abend des 26. Juni, stieg Lenchen endlich aus dem Bett, zog ihre Kleider an und lief unsicher, sichtbar aber von einer großen Last befreit, in ihrer Kammer herum. Während der darauffolgenden Nacht schlief sie zum ersten Mal ruhig, nicht das kleinste Zucken mehr war an ihr zu bemerken. Unendlich dankbar, die Tochter gesund zurückzuhaben, gingen die Gottschalks mit ihr am darauffolgenden Dienstagvormittag zur Kirche St. Johannis. Sie beteten und teilten ihrem Seelsorger die wundersame Heilung mit.

Ehemaliger Standort Haus Gottschalk in der Breitestraße

Glauben konnten die Leute in Zittau an Lenchens Genesung allerdings nicht so recht. Viele meinten, sie würde nach all den Strapazen wohl für ewig ein Krüppel bleiben. Doch allen Unkenrufen zum Trotz blieb das Kind gesund. Genau, wie es die Sabine am Krankenbett vorausgesagt hatte, kam es auch:

„Du wirst noch eine schöne Jungfer werden und deinen Eltern viel zu lachen machen."

Weiteres über das Leben der Anna Helene Gottschalk - wann sie heiratete, wie viele Kinder sie hatte und wann sie verstarb - ist leider unbekannt. Das eigentliche Geschehen indes geriet, wie der Stockmeister nach dem Tod der Zwirn-Sabine hoffte, nicht in Vergessenheit. Als relativ spätes Beispiel altüberlieferten Hexenglaubens fand sie, wie eingangs schon geschrieben, im 18. und 19. Jahrhundert immer wieder Erwähnung in Zeitungen sowie Magazinen. Bis heute, wo wir die Geschichte für Sie, liebe Leserinnen und Leser, noch einmal erzählt haben wollen.

Von zweien, die auszogen, die Oberlausitz zu retten

ooooo

Ehemaliger Sitzungssaal der Landstände, heute Lesesaal der Bibliothek Bautzen

Böse Nachrichten überschatten das Land

Es war nicht allein das Wetter, das am Mittwochmorgen für trübe Gesichter sorgte. Bedrückt nahmen die Oberlausitzer Stände zum regulären Landtag Oculi am 1. März 1815 ihre angestammten Plätze im Bautzener Sitzungssaal ein. Die Vertreter des Landadels, der Standesherrschaften, der geistlichen Stifte sowie der Sechsstädte ahnten, dieser Tag führte nichts Gutes im Schilde. Und tatsächlich: Was einige unter der Hand schon munkeln hörten, traf jetzt als Hiobsbotschaft ein. Sie stellte alle bisherigen Kriegsnachrichten in den Schatten.

Viel, was die Männer aufheitern könnte, gab es ohnehin nicht zu besprechen. Seit im Oktober 1813 die Völkerschlacht bei Leipzig für Napoleon verloren ging, war Sachsen besetzt. Der König, Friedrich August I., saß bis vor Kurzem noch als Gefangener in Friedrichsfelde. Im Land hatten derzeit die Preußen das Sagen. Die Vertreter der Stände befassten sich, wie oft in diesen Tagen, mit dem Ausgleich von Kriegslasten bzw. den Anweisungen des Generalgouvernements Sachsen. Von selbstständiger Regierung konnte keine Rede sein. Für den Landtag war das schmerzlich, denn die Oberlausitz hatte sich bisher weitgehend autonom verwaltet. Die Landesväter - Böhmische und seit 1635 Sächsische - ließen gewähren und akzeptierten die historisch gewachsene Selbstverwaltung des Markgraftums. Die preußischen Herren jedoch regierten harsch und direkt. Sie betrachteten Sachsen und damit die Oberlausitz als Feindesland. Adlige und Geistliche sowie die Oberen der Sechsstädte Bautzen, Görlitz, Zittau, Kamenz, Löbau und Lauban nahmen das zähneknirschend hin. Irgendwann musste der Spuk schließlich ein Ende haben, die alte Ordnung würde wiederhergestellt und ihre geschundene Oberlausitz könnte endlich zur Ruhe kommen.

Ehemaliges Landtagsgebäude in der Bautzener Schloßstraße

Sie richteten ihre Blicke hoffnungsvoll nach Wien. In der Residenzstadt Österreichs berieten seit gut fünf Monaten die Mächtigen Russlands, Preußens, Österreichs, Frankreichs und Großbritanniens über die Neugestaltung Europas. Und genau von da sickerte heute, aller Zuversicht zum Trotz, eine Nachricht durch, die wie eine Bombe einschlug: „Hochwohlgeborene Herren Stände", langsam erhob sich der Landesälteste riedrich August von Gersdorf auf Döbschke von seinem Platz, „besorgniserregende Meldungen, von denen ich die Pflicht habe sie zu unterrichten, machen dieser Tage in deutschen Landen die Runde".

Die Anwesenden spürten Unheil, der Redner schien tief berührt. Kein Wunder, denn als Spross eines Adelsgeschlechtes, dessen Stammhaus in der Oberlausitz lag, trafen ihn die nun folgenden Worte mitten ins Herz. Alle im Saal saßen mucksmäuschenstill, nur der Landesälteste war zu hören.

„Wie mir aus öffentlichen Blättern und privat zugetragenen Nachrichten bekannt wurde, stehen uns einschneidende politische und geografische Veränderungen bevor. Der Kongress in Wien will bedeutende Teile Sachsens, damit auch unseres Markgraftums, abschneiden und dem König von Preußen übergeben."

Kaum hatte er zu Ende gesprochen, brach Unruhe aus. Der Deputierte der Standesherrschaft Muskau sprang auf.

„Niemals, nach allem was wir durchgemacht haben! Unsere Heimat kaltblütig zerstückeln, das dürfen wir nicht zulassen!"

Seine Augen leuchteten wütend:

„An die Preußen? Nur über meine Leiche!"

Mehr und mehr verschafften sich die Emotionen Gehör. Doch von Gersdorf hob die Hand und bat um Ruhe.

„Nein, selbstverständlich werden wir das nicht zulassen, liebe Kollegen. Das Königreich sowie unsere seit Jahrhunderten einige Oberlausitz zu teilen ist schreiendes Unrecht!"

Er hielt ein Blatt Papier über seinen Kopf.

„Wir vier, die zwei Landesältesten des Budissiner sowie des Görlitzer Kreises, haben bereits Schreiben an den Wiener Kongress und unseren König entworfen. Er ist aus preußischer Gefangenschaft entlassen und weilt, wie wir gestern erfahren haben, in Brünn."

Von Gersdorf redete beschwichtigend und bat um Geduld sowie Vertrauen, er wolle im Interesse der Stände und zum Wohle des Vaterlandes handeln. Morgen, versicherte von Gersdorf, werde er alle weiteren Schritte vorstellen.

Die Oberlausitz bewahren

Der 2. März begann, wie der 1. endete. In der Nacht hatte es Schnee gegeben, nass, kalt und diesig schaute der frühe Vormittag durch die großen Fenster des Bautzner Landtagssaales. Noch bevor der Landtag zur regulären Tagesordnung überging, stellte Friedrich August von Gersdorf den Plan zur Bewahrung der Oberlausitz vor.

„Hochverehrte Herren Stände, es geht um nicht weniger, als die Zerstückelung der Oberlausitz mit allen uns verfügbaren Mitteln zu verhindern."

Er verlas die von den Landesältesten entworfenen Briefe an den Kongress sowie den sächsischen König. Es ginge, so schrieben sie, um das große Wohl Europas, bei dem auch die kleinen Staaten nicht vergessen werden dürften. Gerade die Oberlausitz habe sich im vergangenen Krieg nichts zuschulden kommen lassen. Vielmehr habe sie, bis zur Erschöpfung handelnd, ihren aufrichtigen Sinn für die Freiheit und die allgemeinen Interessen des deutschen Volkes bewiesen. Diese über Jahrhunderte zusammengewachsene, durch Land, Familienbande und Stiftungen eng verbundene Provinz zu teilen, würde verheerende Folgen nach sich ziehen. Alle Volksklassen in der Oberlausitz wünschten daher nichts sehnlicher, unter der milden Führung ihres geliebten Landesherrn friedlich miteinander leben zu können. Brieflich direkt an den sächsischen König Friedrich August I. gewandt, bekundeten die Verfasser ihre Gefühle treuester Verehrung. Sie beglückwünschen ihn zur Freilassung und sprachen den Wunsch aus, er möge bitte alles tun, um die Zersplitterung seines Reiches zu verhindern.

Brünn – Brno, Tschechien

27

„Diese Briefe haben wir im Namen der hier anwesenden Stände geschrieben."

Von Gersdorf schaute fragend in die Runde. Wie er sah, dass niemand das Wort ergreifen wollte, redete er weiter:

„Da ich geschäftlich eingebunden bin, haben wir uns noch gestern darauf geeinigt, vom Budissiner Kreis meinen Namensvetter und Kollegen, Herrn Landesältesten Ernst Gustav von Gersdorf auf Gröditz, nach Wien zu schicken. Im Namen des Görlitzer Kreises wird ihn der Verweser des Fräuleinstiftes Joachimstein, Karl Wilhelm von Fehrenteil und Gruppenberg auf Bellmannsdorf, begleiten. Beide sollen schleunigst abreisen, die Briefe am Zielort abgeben und beim Kongress für unsere landsässigen Stände sprechen."

Lautes Tischklopfen signalisierte Zustimmung. Bis auf die Tafel, an der die Abgesandten der Sechsstädte saßen. Sie steckten ihre Köpfe zusammen, um zu beraten. Schließlich stand der Vertreter von Budissin auf:

„Persönlich unterstützen wir die Schritte der Herren Landstände. Nur werden wir uns an ihnen offiziell erst beteiligen, wenn wir die Zustimmung unserer Bürgermeister und Räte haben."

Rumoren setzte ein, der Unmut im Saal war nicht zu überhören.

„Von Budissiner Seite aus", versuchte der Sprecher das Stimmengewirr mit erhöhter Lautstärke zu übertönen, „bekommt der Landtag die Antwort in spätestens einer Stunde. Die anderen Städte schicken sofort Eilboten nach Hause. Frühestens vor heute Abend ist mit deren Rückkehr allerdings nicht zu rechnen."

Von Gersdorf schüttelte den Kopf.

„Unser Entschluss steht fest, ob mit oder ohne den Städten! Die Zeit drängt, wir müssen unverzüglich handeln. Die zwei Herren verlassen das Landtagsgebäude noch in dieser Stunde und beginnen mit ihren Reisevorbereitungen!"

Bellmannsdorf – Radzimów, Polen

„Komm gut nach Hause zurück und gib acht und schone deine Gesundheit."

Fest umarmte die Mutter ihren Jüngsten zum Abschied. Nicht mal einen Hund hätte man in dieser frostigen Herrgottsfrühe vor die Tür jagen mögen. Fertig gepackt und bespannt stand der Reisewagen an jenem 3. März auf dem spärlich mit Fackeln beleuchteten Hof des Schlosses Gröditz. Auch Carl Heinrich verabschiedete sich herzlich von seinem jüngeren Bruder:

„Wir sind stolz auf dich! Bist du es doch, ein von Gersdorf unserer Familie, der einmal mehr die Kohlen aus dem Feuer holen muss."

„Macht euch keine Sorgen, ich rappele mich durch und bin bald wieder daheim."

Ernst Gustav schlug die Tür der Karosse zu. Ein Peitschenknall, ein lautes Hü und nicht lange, da verschluckte die Dunkelheit das Licht der immer kleiner werdenden Hecklaterne. Minutenlang winkte Mutter dem Gespann hinterher. Tränen standen in ihren Augen, obwohl sie wusste, Ernst Gustav hatte Erfahrung im Reisen. In Leipzig, Jena und Halle hatte er studiert und 1808 bis 1809 führten ihn Expeditionen nach Italien, Frankreich und in die Schweiz. Sie konnte sich etwas einbilden auf ihren Sohn. Vor zwei Jahren hatten ihn die oberlausitzer Adeligen mit nur 32 Lenzen zu ihrem Landesältesten gewählt. Gab es eine schwierige Aufgabe, musste er ran. Wie sein viel zu früh verstorbener Vater - ein waschechter von Gersdorf eben.

Dick eingepackt in Pelzmantel und Decke, lehnte Ernst Gustav im Polster des geräumigen Reisewagens. Er hustete, das Wetter spielte seiner Gesundheit übel mit, ein wenig schien er zu fiebern. Doch er war hart im Nehmen. Ich schaffe das und bin bald wieder auf dem Damm, hatte er Mutter beruhigt. Zuerst, so der Plan, ging es nach Görlitz. Dort würde er Postpferde einspannen, die sich von Station zu Station schnell wechseln ließen. Deswegen saßen zwei Kutscher auf dem Bock. Einer davon musste noch heute Morgen die eigenen Pferde aufs Gut zurückbringen. Er hingegen hatte vor, ohne Aufenthalt gen Radmeritz zum Schloss Joachimstein zu fahren, um den mitreisenden Kollegen, Karl Wilhelm von Fehrenteil und Gruppenberg, abzuholen. Danach führte der Weg weiter nach Prag. Dort wollten beide die Lage sondieren und beschließen, was als Nächstes zu tun wäre. Noch einmal schaute Ernst Gustav in seine Ledertasche. Hatte er alles dabei und nichts vergessen? Die Briefe der Landstände an den Kongress, den König, die Empfehlungs- sowie Legitimationsschreiben für ihn und Fehrenteil. Und hier, ein lederner Beutel gefüllt mit Talern und Dukaten. Bereits gestern Abend hatte er ihn mehrmals mit den Händen gewogen. Das meiste Geld für die Reise kam aus der Landkasse. Einen kleinen Teil hatte von Gersdorf privat dabei. Den allerdings trug er in seiner Bauchtasche am Gürtel. Sicherheit war ihm wichtig. Die Wege nach diesem Krieg waren schlecht und unsicher. Flüchtig schlug er ein Kreuz über die Brust:

„Walte Gott, dass wir unsere Mission zu einem glücklichen Ende bringen ...“

Jetzt dauerte es nicht mehr lange, und der Kaisertrutz in Görlitz war erreicht.

Wider Erwarten zehrte der Pferdewechsel wertvolle anderthalb Stunden des Fahrtages auf. Erst nach 9 Uhr am Vormittag kam von Gersdorf auf Joachimstein an. Bei der Begrüßung von Fehrenteils dann die nächste schlechte Nachricht: Dieser musste unvorhersehbar dringende Geschäfte erledigen. Er bat von Gersdorf, Geduld aufzubringen und im Schloss mit ihm das Mittagsmahl einzunehmen. Er könne sich hier gern umsehen. Am Nachmittag wäre der fertig und sie könnten ihre gemeinsame Reise beginnen.

„Na gut, was solls,“ von Gersdorf nahm es gelassen.

„Schaue ich mir das Treiben hier ein wenig an, ist am Ende beim Anblick der vielen Fräulein ja nicht unangenehm. Umso mehr, da ich selber noch auf der Suche bin ...“

Übelnehmen konnte er die Verzögerung nicht. Von Fehrenteil war mit 57 nicht mehr der Jüngste. Seit fast 20 Jahren fungierte er als Verwalter

Radmeritz – Radomierzyce, Polen

30

des Fräuleinstiftes, in dem ledige adlige Frauen eine Unterkunft fanden. Für ihn eine Menge Arbeit, die er neben seinen Gütern in Bellmannsdorf bewältigen musste. Dass er dem Auftrag der Landstände ohne Diskussion zugestimmt hatte, war ihm hoch anzurechnen. Angenehm, einen solch erfahrenen Mann an seiner Seite zu wissen.

Nach Österreich mit Hindernissen

Gegen 2 Uhr nachmittags saßen die Männer im Wagen. Ab ging die Reise in südliche Richtung. Zunächst an der Neiße entlang über Ostritz, am Kloster St. Marienthal vorbei, nach Zittau. Sie kamen zügig voran, doch die Freude darüber wich bald der Ernüchterung. Nachdem ihre Kutsche die Stadt passiert hatte, wartete erstes Ungemach. Es sollte nicht das Einzige auf dieser Reise bleiben. Als sie nach einer halben Stunde das Zittauer Gebirge erreichten, führte die Straße im dichten Wald steiler und steiler bergauf. Links und rechts lag noch Schnee, der Weg war teils aufgeweicht und zerfahren. An einigen Flecken hatte sich sogar Eis gehalten. Nur im Schneckentempo kam die Karosse vorwärts. Mit Peitsche und lauten Flüchen trieb der Kutscher die Pferde voran, doch in einer scharfen Rechtskurve ging nichts mehr. Die Hinterräder rutschten seitwärts, die Tiere dampften, zerrten panisch mit offenen Mäulern an der Deichsel und trampelten auf der Stelle.

„Wir stecken fest!" Von Gersdorf sprang aus dem Wagen. Der Kutscher war ebenfalls abgestiegen. Er hielt die Pferde am Zaum und sprach beruhigend auf sie ein.

„Da hilft kein Peitschenknall, kein gutes Zureden!" Resigniert schaute er seinen Herrn an.

„Bei den Verhältnissen, das Gebirge hinauf, bräuchten wir vier Pferde. Unsere sind fertig, die machen's heute nicht zwei Meilen mehr." Nur mit vereinten Kräften konnte man die Karre jetzt aus dem Dreck kriegen. Von Fehrenteil und Gersdorf blieb nichts anderes übrig als zu schieben. Der Kutscher ‚motivierte‘ die Pferde und mit Hauruck sowie Kraft hatten sie es nach einer Weile geschafft. Langsam setzten sie ihre Fahrt zum Bergkamm hinauf fort.

Von dort ging es Gott sei Dank abwärts. Schon brach die Dunkelheit herein, als nach Minuten jenseits des rechten Wagenfensters ein hölzernes Schild mit Doppeladler erschien. Vor der Schranke musste die Kutsche anhalten. Sie standen an der Grenze des Habsburger Reiches. Eine gefühlte Ewigkeit passierte nichts, nur das Rauschen der Bäume war zu hören. Missmutig schlenderte endlich ein Zollbeamter heran. Er zog die Wagentür auf, im schönsten österreichischen Dialekt sprach er die Insassen an:

„Grüß Gott die Herrn, die Pässe bittscheen."

Er warf einen Blick auf die Papiere und hob die Augenbrauen.

„Hoam eier Wohlgebohrn woas zu verzolln?"

Von Gersdorf und Fehrenteil verneinten. Er zuckelte um den Wagen, besah die am Heck verzurrten Koffer, wechselte ein paar Worte mit dem Kutscher und kam zurück zur Tür.

„Wo solls denn hingehn, die Reise?"

„Nach Prag und dann nach Wien zum Kongress", antwortete ihm von Fehrenteil.

„Ah nach Wien zum Metternich. Da winsch ich den edlen Herrn noa gute Fahrt."

Wie weit es denn bis zur nächsten Poststation wäre, wo sie Pferde wechseln könnten, wollte von Gersdorf noch wissen.

„Da fahrn's gradaus durch Petersdorf. Net amoal a Meil voa hier hoams rechter Hand in Herrndorf glei oane."

Der Zöllner salutierte zackig. Der Wagen ruckte an und weiter ging die Reise auf der Straße nach Gabel.

„Postpferde habe ich keine im Stall. Tut mir leid, ihnen damit nicht dienen zu können. Pferde sind rar, der im Krieg geschwundene Bestand hat sich längst nicht erholt."

Der Posthalter hob bedauernd die Schultern.

„Stellen sie ihre Pferde bei mir ein, ich füttere und versorge sie. Es ist schon dunkel. Besser sie bleiben und setzen ihre Reise morgen fort."

Petersdorf – Petrovice, OT von Jablonné v Podještědí, Tschechien
Großherrndorf – Kněžice, OT von Jablonné v Podještědí, Tschechien

Von Gersdorf und Fehrenteil kam das nicht ungelegen. Für heute hatten sie, genau wie ihr Kutscher, genug. Sie waren hungrig, müde, ebenso bedurfte ihre Kleidung einer dringenden Aufbesserung.

„Gehen sie rüber ins Wirtshaus. Dort finden sie garantiert Unterkunft. Bei uns ist in dieser Zeit nicht viel los."

Wie der Postmeister angekündigt hatte, war das Gasthaus so gut wie leer. Außer den Oberlausitzern saßen lediglich zwei Männer in der Wirtsstube. Dessen ungeachtet bemühte sich der Wirt, alle Wünsche der offenbar zahlungskräftigen Besucher zu erfüllen. Er heizte extra den Küchenofen an und reichte seinen besten Wein. Natürlich war er neugierig, woher die Fremden kamen und wohin sie wollten. Nachdem er es wusste, meinte er mitfühlend:

„Ja ja die Sachsen – die haben in diesen Tagen weißgott Sorgen! Ihr König hat sich mit Napoleon - die edlen Herren verzeihen meinen Ausdruck - in die Scheiße geritten. Jetzt droht die Abrechnung"

Mit bedeutungsvoller Mine fügte er hinzu:

„Am 19. August im 1813ner Jahr marschierten französische Truppen durch Herrndorf. Und grad hier, wo sie sitzen, speiste Napoleon. Ich schwör's, persönlich hab' ich den Kaiser bedient!"

Neugierig schauten die anderen Gäste herüber. Geheimnisvoll schob der Gastwirt seinen Kopf über den Tisch und flüsterte:

„Gestern kam ein Meldereiter durch und berichtete, Napoleon wäre von der Insel Elba zurückgekehrt."

Er schob die leeren Teller beiseite und rückte näher.

„Im Süden Frankreichs soll er gelandet sein und schart Getreue um sich. Ich befürchte, bald ist der wieder hier"

Von Gersdorf und Fehrenteil schauten verdattert: Napoleon zurück? Das dürfte einiges - nein - das dürfte alles ändern!

Gepflegter Schluck nach unverhofftem Schock

Die Männer hatten es eilig. Mit beginnender Morgendämmerung fuhren sie am 4. März von Herrndorf ab. Noch heute wollten sie in Prag ankommen und hören, welche Wellen Napoleons Rückkehr schlug.

„Wenn es stimmt, dass Napoleon wieder in Frankreich ist, wenn er Fuß fasst und Macht gewinnt, hat unser König gute Karten. Die Teilung unseres Vaterlandes wäre vom Tisch," meinte von Gersdorf noch gestern vor dem Schlafengehen.

Der Wunsch, angesichts der neuen Lage schnellstmöglich in die böhmische Hauptstadt zu kommen, war das eine, die Realität das andere. Durch die Gassen von Gabel ging die Fahrt noch flott. Dann jedoch merkten sie, die Wege in Böhmen sind nicht besser als in der Oberlausitz. Im Gegenteil: Matsch und tiefe Fahrrinnen behinderten das Vorwärtskommen selbst auf dem flachen Land. Von Zeit zu Zeit legte das Gespann Pausen ein, um die Pferde zu schonen. Noch ahnten von Gersdorf und Fehrenteil nicht, dass ihnen bald der nächste Schreck ziemlich tief in die Glieder fahren sollte. Gegen 10 Uhr durchfuhren sie die Ortschaft Niemes. Links erhob sich auf einem Berg majestätisch die alte Rollburg. Diese im Rücken, kamen sie alsdann in ein größeres Waldgebiet. Und wie es der Teufel wollte, war es wieder eine Rechtskurve, in der ihre Reise eine unangenehme Unterbrechung fand.

Von Gersdorf und Fehrenteil hingen ihren Gedanken nach. Wie am vorangegangenen Tag dick in Wintermäntel gehüllt, schauten sie aus den Fenstern der Reisekutsche. Seit gut einer halben Stunde sahen sie rechts und links nichts als Bäume und nochmals Bäume. Gerade meinte von Fehrenteil, bald müssten sie in Hirschberg sein, da scheuten die Pferde. Ein kurzes Wiehern, die Kutsche stand.

„Nicht schon wieder!"

Die Männer rollten genervt mit den Augen. Doch es kam anders, als sie erwarteten. Jemand riss die Wagentür auf, unversehens blickten sie in den Lauf einer Pistole.

„Geld oder Leben", krächze ein Stimmchen.

Sie gehörte einem verwachsenen, hutzligen Männlein. Durch seinen abgetragenen, tief zur Stirn gezogenen, Zweispitz sowie ein über Mund und Nase geschlungenes Tuch war das Gesicht nicht zu erkennen.

Gabel - Jablonné v Podještědí, Tschechien
Niemes – Mimoň, Tschechien
Rollburg - Burgruine Roll auf dem Berg Ralsko, Tschechien

Allein wilde blaue Augen verrieten: Seine Worte waren kein Scherz. Von Gersdorf schossen tausend Gedanken durch den Kopf. Instinktiv griff er zur Ledertasche. Er wusste, wenn er sie loswürde, wäre die Mission beendet. Das Geld der Landstände wäre futsch und die Räuber die Glücklichsten der Welt. Aber was tun? Er dachte an die Mutter, an das Gut und überhaupt: Den Heldentod sterben käme für ihn niemals infrage. Um ein Haar hätte er die Tasche herausgegeben, jedoch hinter der Kutsche ertönte ein langgezogener Pfiff. Wie ein geölter Blitz sprang das Männlein vom Wagen und verschwand im Wald. Der Grund dafür galoppierte Augenblicke später in Form drei weiß-rot uniformierter Dragoner vorbei. Ohne die Reisegesellschaft zu beachten, ritten sie vorüber und entschwanden in der Wegebiegung. Geistesgegenwärtig reagierte der Kutscher:

„Hüa, Hüa", brüllte er und peitschte die Pferde.

Jählings zog der Wagen an. In Anbetracht der Straßenverhältnisse fuhr er viel zu schnell, kippelte bedenklich und schüttelte von Gersdorf sowie Fehrenteil kräftig durch. Erst nach Minuten konnten die Herren ihren Schock überwinden.

„Das nennt man Glück", stammelte von Fehrenteil, dessen Gesicht noch immer einer Kalkwand glich.

„Dieses verdammte Diebs- und Räubergesindel! Vermehrt sich seit Kriegsausbruch wie die Ratten."

Wie froh waren sie, als sie endlich Hirschberg erreichten. Nunmehr konnte der Kutscher aus seiner Sicht berichten, was geschehen war. Urplötzlich wäre ein Kerl aus dem Busch vor die Pferde gesprungen. Ein Gewehr hätte er in der Hand gehabt und ihn bedroht. Neben dem wären noch drei andere Räuber mit von der Partie gewesen. Einer riss die Wagentür auf und jeweils einer stand hinten und vorn Schmiere. Was danach passierte, wüssten die Herren ja, meinte der Kutscher.

„Gut gemacht", von Gersdorf klopfte ihm auf die Schulter.

„Wenn sie nichts dagegen haben, mein lieber Fehrenteil, übernachten wir heute in Melnik. Nach Prag schaffen wir es vor Einbruch der

Hirschberg am See – Doksy, Tschechien
Melnik – Mělník, Tschechien

Dunkelheit sowieso nicht mehr!"

„Hervorragende Idee, in Melnik soll es einen ausgezeichneten Wein geben. Ich denke, einen gepflegten Schluck könnten wir gut vertragen ..."

Schock und Hoffnung – sind alle Messen gesungen?

Der Sonntag machte seinem Namen alle Ehre. Endlich, nach kalten, nassen Tagen, klarte der Himmel auf. Bei herrlichstem Sonnenschein fuhren von Gersdorf und Fehrenteil am Vormittag des 5. März über die Karlsbrücke. Bester Laune, woran der Melniker Wein keinen unerheblichen Anteil hatte, stiegen sie in einem Gasthof unterhalb der Prager Burg ab. Ihrem Optimismus folgte jedoch bald der nächste Dämpfer. Doch zunächst galt es auszuharren. Prinz Maximilian, dem sie aufwarten wollten, weilte beim König in Brünn. Er und große Teile des sächsischen Hofes waren nach Prag geflohen, als die Preußen Dresden besetzten. Von Gersdorf und Fehrenteil gedachten, in einem Gespräch mit ihm die Lage zu erörtern sowie weitere Schritte zu besprechen. An der Seite des Prinzen reiste der königlich-sächsische Finanzrat Graf von Hohenthal. Erfreulicherweise, wie sie bei ihrer Ankunft erfuhren, wohnte er im gleichen Gasthof. Sie beschlossen, vor Ort auf ihn zu warten. Und sie hatten Glück, am späten Nachmittag kam er zurück. Erstaunt, gleichzeitig erfreut, schüttelte von Hohenthal beiden die Hand.

„Die Oberlausitzer in Prag, was in aller Welt führt sie hierher?"
Nachdem er den Grund ihrer Reise kannte und die versiegelten Briefe der Oberlausitzer Landstände an Kongress sowie König sah, runzelte er die Stirn.

„So so nach Wien soll es gehen ... beim Kongress wollen sie intervenieren ..."
Besorgt sah er von Gersdorf und Fehrenteil an:

„Es wäre gut, wenn wir vorher reden. Geben Sie mir die Ehre. Ich lade sie zum Abendessen ein."

Der Prager Wirt hatte gut aufgefahren, man war zufrieden. Die Herren lehnten in ihren Stühlen und steckten ihre Tabakspfeifen an. Mit

Bedacht und voller Spannung, was hatte der Graf zu berichten? Blauer Dunst umnebelte bald den Tisch, von Hohenthal blickte nachdenklich zur Decke.

„Meine Herren ich will nicht um den heißen Brei reden, denn die Messen sind gesungen! Unser geliebtes Sachsen wird geteilt, mehr als die Hälfte bekommt der König von Preußen. Daran wird Ihre Mission nichts ändern!"

Schock – das saß!

„Wie ... alles endgültig?"

Sprachlos hörten von Gersdorf und Fehrenteil den Vortrag des Grafen von Hohenthal.

„Ich sage es ihnen unter der Hand und im Vertrauen, unsere Majestät Friedrich August ignoriert die Realität. Er denkt, weil Franz, der Kaiser von Österreich, ihn vor einigen Tagen in Brünn mit allen Ehren empfing, seien die Verhandlungen wieder offen. Diese Annahme ist eine Illusion."

In langen Worten weihte von Hohenthal die Oberlausitzer in die Hintergründe des bisher Geschehenen ein. Nicht erst im Oktober 1813, nach der verlorenen Schlacht bei Leipzig, so berichtete von Hohenthal, stand das Schicksal Sachsens zur Debatte. Wie zu Beginn des Kongresses herauskam, trafen Russen und Preußen bereits im März ein Abkommen. Darin legten sie fest, wem im Falle ihres Sieges, welche Territorien zufallen sollten. Zar Alexander beanspruchte Polen und die Preußen wollten sich den lang gehegten Traum von der Einverleibung Sachsens erfüllen. Darum verschleppten sie den Verbündeten Napoleons, König Friedrich August I., nach Friedrichsfelde und verwandelten das Königreich Sachsen in ihr Generalgouvernement. Nicht allen europäischen Mächten gefiel das. Die Briten, Franzosen sowie Österreicher verspürten wenig Lust, einem um Sachsen vergrößerten Preußen gegenüber zu stehen. Beinahe wäre es zwischen den Verhandlungsteilnehmern zum Krieg gekommen. Anfang Januar 1815 jedoch einigten sie sich. Zar Alexander verzichtete auf Polen und Preußen bekam nur einen Teil Sachsens zugesprochen. Zum Ausgleich erhielt der preußische König die Herzogtümer Jülich, Kleve, Berg sowie das Großherzogtum Niederrhein und Westfalen.

„Einen Haken hat die Sache freilich", meinte von Hohenthal abschließend.

„Unser König muss dem Ganzen zustimmen. Das aber will er nicht."
Von Gersdorf und Fehrenteil schöpften Hoffnung. Wie sich denn die
Rückkehr Napoleons auswirken würde, wollten sie noch wissen. Von
Hohenthal winkte ab.

„Meine Herren, ich will ihnen den Glauben nicht nehmen. Gehen sie
nach Wien, gehen sie nach Pressburg, dort residiert Friedrich August ab
heute. Hören sie sich um und versuchen ihr Glück."
Er nahm einen letzten Zug aus der Tabakspfeife.

„Meine Meinung steht fest: Der Kongress setzt unseren König unter
Druck, bis er seine Unterschrift gibt. Politischen Spielraum hat er keinen.
Und was Napoleon angeht, wird Friedrich August von einem erneuten
Bündnis mit ihm absehen. Wie soll er auch, zurzeit hat er kein Reich und
keine Armee mehr."
Bevor die Männer zur Nacht gingen, bot Graf Hohenthal von Gersdorf
und Fehrenteil an, sie morgen früh auf der Burg zu avisieren. Dort
könnten sie dem Prinzen Maximilian ihre Aufwartung machen.

„Wir sind froh, sie hier zu sehen. Schön, dass unsere Oberlausitzer in
dieser fürchterlichen Zeit als Erste den Weg gehen, in Wien für das
Land zu bitten."
Mehr als höflich kamen seine Worte aus dem Herzen. Von Gersdorf
und Fehrenteil waren angetan. Wohlwollend und dankbar empfing sie
Prinz Maximilian. Neben ihm die blutjunge Prinzessin Theresa begrüßte
sie mit einem extra tiefen Hofknicks. Im Gespräch registrierten von
Gersdorf und Fehrenteil, dass dem Prinzen die beschlossene Abtrennung
großer Teile Sachsens bewusst war.

„Glauben sie mir, es ist eine Katastrophe, die unsere Heimat
heimzusuchen droht. Wie unser geliebter König sind wir hier in Prag
über alle Maße besorgt. Wird der Wiener Beschluss realisiert, weiß ich
nicht, wie es weitergehen soll."
Die Erregung war Maximilian anzusehen. Er beschrieb seinen Gästen
die Tragik des nun Kommenden. Glücklich über eine 46 Jahre dauernde

Pressburg – Bratislava, Slowakei

milde Herrschaft Friedrich Augusts, müssten nunmehr zahlreiche Untertanen das Land verlassen. Über die geplante Grenzlinie besaß der Prinz keine genauen Informationen. Er wusste lediglich, dass die gesamte Nieder- sowie Teile der Oberlausitz, weitreichende Gebiete nördlich und westlich Leipzigs sowie Thüringen an Preußen fallen sollten. Sachsen gingen dadurch dringend benötigte Rohstoffe, Getreideanbaugebiete und vieles mehr verloren. Jedoch zeigte sich der Prinz, im Gegensatz zu Graf von Hohenthal, optimistischer. Aus persönlichen Gesprächen mit dem König wusste er, dass Friedrich August keine Lust verspürte, die Kongressakte zu unterschreiben. Derselbe war seit Kurzem ein freier Mann und fest entschlossen, für sein Reich zu kämpfen. Deshalb, so der Prinz, hätte er Quartier in Pressburg genommen, um nahe am Wiener Geschehen zu sein.

„Fahren sie so schnell es geht nach Wien", riet er von Gersdorf und Fehrenteil.

„Als Botschafter der Oberlausitz sind sie wichtig. Sprechen sie vor Ort mit unserem Grafen von der Schulenburg und in Pressburg mit dem Geheimrat von Globig. Die wissen, was zu tun ist."

Anschließend durften von Gersdorf und Fehrenteil zu Mittag mit an der Tafel des Hofes speisen. Eine Ehre, die einem Landadligen unter normalen Umständen kaum zugekommen wäre.

Wo europäische Geschichte geschrieben wird

Am selben Tag beschlossen von Gersdorf und Fehrenteil, nach Wien abzureisen. Noch am Montagabend ließen sie anspannen und fuhren los. Schnell ankommen, die Briefe abgeben und ihr Anliegen vorbringen, lautete das Motto. Allein das Gespräch mit dem Prinzen bestärkte sie in der Überzeugung, ihre Sache zu einem guten Ende zu bringen. Die Absicht, über Nacht Strecke zu machen, entpuppte sich gleich hinter Prag als Fehlkalkulation. Obwohl trockenes Wetter ihre Fahrt begleitete, waren die Straßen nach wie vor schlammig und zerfahren. Zu allem Übel blieb ihre Karosse, kaum dass der Kutscher die Hand vor Augen sehen konnte, in einer Wasserkuhle stecken. Zum Glück ging es diesmal nicht bergauf und sie befreiten sich rasch aus ihrer misslichen Lage. Am nächsten Tag schafften sie es den Wegeverhältnissen geschuldet nur bis Iglau und am Darauffolgenden bis Stockerau. Um nicht nachts in Wien anzukommen, rasteten von Gersdorf und Fehrenteil in diesem kleinen Städtchen an der Donau. Erst am Donnerstag, den 9. März, kamen sie endlich auf der Weihburggasse an. Der Gastwirt in Prag hatte ihnen hier das Hotel zur Kaiserin von Österreich empfohlen. Glücklich in Wien zu sein und Logis erhalten zu haben, übersahen sie geflissentlich, dass die Fassade ziemlich lädiert aussah. Die Franzosen hatten das Haus im Jahre 1809 unter Beschuss genommen. Doch egal, ihre Suiten waren passabel. Sie zogen ein und begannen ohne Aufschub mit ihrer Arbeit. Vorbei an der Hofburg liefen sie zum Palais am Ballhausplatz, in dem der Kongress tagte.

Palais am Ballhausplatz in Wien, heute Bundeskanzleramt

Bereits beim Betreten des Vestibüls merkten von Gersdorf und Fehrenteil: In diesem Haus wird europäische Geschichte geschrieben. Ehrfürchtig hielten sie inne. Von der Decke hing ein erhabener Kronleuchter und von den weißen mit Gold verzierten Stuckwänden prangten große Bilder sowie Spiegel. Diener huschten über den polierten Steinboden. Unter den Armen trugen sie offensichtlich dringend zuzustellende Akten und nahmen die Neuankömmlinge kaum wahr. Auch die zahlreich in der Halle stehenden Herren würdigten die Eintretenden keines Blickes. Einige von ihnen diskutierten miteinander, Wortfetzen in verschiedenen Sprachen schwirrten durch den Raum.

„Gott steh uns bei, wir sind in der Höhle des Löwen angekommen", entfuhr es von Fehrenteil.

„Jetzt müssen wir nur noch den sächsischen Gesandten suchen."

Kurzentschlossen gingen sie auf eine Gruppe ins Gespräch vertiefter Männer zu. Wo der Graf von der Schulenburg zu finden sei, wollten sie wissen.

„Pardon, je ne peux pas les comprendre, malheureusement."

Einer der Angesprochenen hob bedauernd die Schulter. Von Gersdorf schaltete und fragte auf Französisch:

„Où trouver l'ambassadeur saxon von der Schulenburg?"

„Ah, je comprends! Au deuxième étage, à gauche dans la dernière salle."

„Kommen sie Fehrenteil, wir müssen in die zweite Etage, den Gang links, dort irgendwo finden wir den Grafen."

„Besten Dank für ihr Erscheinen! Mich freut, die Abordnungen der Lausitzen als Erste in Wien zu sehen."

Nachdem von Gersdorf und Fehrenteil sich dem Grafen von der Schulenburg vorgestellt hatten, hörten sie, dass die Niederlausitzer ebenfalls hier sind. Erst gestern empfing sie der König in Pressburg zur Audienz. Weitere Delegationen aus den einzelnen Kreisen Sachsens würden erwartet. Sie alle beseelte die Hoffnung, eine Teilung des Landes im letzten Moment verhindern zu können. Dass der Graf ihre frühzeitige Ankunft und Staatstreue schätzte, kam nicht von Ungefähr. Immerhin gehörten die Lausitzen nicht zum Erbe der sächsischen Krone. Bis 1635 besaß der böhmische König beide Provinzen. Nach wie vor verfügte er über ihre Lehnsrechte. Und jener König war kein Geringerer als der österreichische Kaiser Franz I., dessen Außenminister im Kongress den Ton angab. Zumindest eine kleine Hoffnung, mithilfe des Fürsten Metternich die territoriale Einheit der Oberlausitz zu bewahren. Indes dämpfte von der Schulenburg diese Erwartung, denn mit vorsichtiger Zurückhaltung vertrat er dieselbe Ansicht wie vor fünf Tagen von Hohenthal.

„Eben heute sind Fürst Metternich, der Herzog von Wellington und der französische Außenminister de Talleyrand nach Pressburg gefahren, um unseren König die Beschlüsse des Kongresses unter die Nase zu halten. Er soll sofort unterschreiben."

Nach einer kurzen Pause ergänzte er:

„Wie sie schon wissen, ist Napoleon zurück und sammelt seine Anhänger. Die Alliierten werden unruhig und möchten ihre Sache schnell zu Ende bringen."

Danach breitete er eine Karte aus und sie warfen einen Blick auf die geplante Grenze zwischen dem preußischen und dem verbleibenden Teil Sachsens.

„So sieht der Beschluss aus!" Von der Schulenburg lachte bitter.

Wie vom Blitz getroffen, starrte von Fehrenteil auf das Blatt.

„Schauen Sie", sein Zeigefinger zitterte über der Karte, „hier die Niederlausitz, Lauban, Görlitz, meine Güter in Bellmannsdorf ... und da unser schönes Schloss Joachimstein mit den Frauen, es ist nur einen Steinwurf von der sächsischen Markierung entfernt ... das alles werfen die den Preußen in den Rachen. Der Teufel soll sie holen!"

Ein gestandener Mann kämpfte mit den Tränen. Von der Schulenburg schien ein Erbarmen zu haben und tröstete:

„Meine Herren, fahren Sie rüber nach Pressburg. Friedrich August wird sie empfangen, da bin ich sicher. Das Beschlusspapier hat er garantiert nicht unterschrieben. Unter Umständen ist in der oberlausitzer Angelegenheit noch was zu machen – ich wünsche Ihnen viel Glück."

Der König lässt bitten

Am Abend des 9. März informierte der Kutscher, gleich morgen könnten sie günstig Pferde aus der nahegelegenen Poststation erhalten. Wenn das

---

Lauban – Lubań, Polen

kein Fingerzeig des Herrn war! Am nächsten Tag 10 Uhr fuhren von Gersdorf und Fehrenteil los. An der Donau entlang ging es in Richtung Pressburg bei heiterem Wetter auf passabler Straße zügig vorwärts. Schon gegen 4 Uhr am Nachmittag kamen sie oben in der königlichen Residenz auf der Burg an. Abends frischten sie alte Bekanntschaften auf und sondierten die Lage, stets das Ziel vor Augen, persönlich beim König vorsprechen zu dürfen. Durch einen Vertrauten ließen sie sich für den kommenden Tag einen Termin beim Geheimrat von Globig geben. Als Konferenzminister und Direktor der Gesetzeskommission begleitete der studierte Jurist den Landesherrn und beriet ihn in rechtlichen Fragen. Mit offenen Armen empfing er nach dem Frühstück die Abordnung aus der Oberlausitz.

„Schön sie hier zu haben!"

Er informierte beide, dass er an alle sächsischen Stände Schreiben geschickt habe. Sie sollten Delegationen nach Wien schicken, um vor Ort für ihre Region zu sprechen.

„Da hätte ich mir den Brief nach Bautzen ja sparen können", sagte er und lachte.

„Dass sie den Weg nach Wien von selbst gefunden, ehrt die patriotische Gesinnung der Oberlausitzer."

Lange sprachen sie über die aktuelle Lage, auch welchen Einfluss die Rückkehr Napoleons auf den Ausgang des Kongresses nehmen würde. Was Letzteres betraf, riet von Globig Spekulationen zu vermeiden.

„Napoleon sammelt, wie man hört, zwar schnell Getreue, aber an alte Zeiten wird er kaum anknüpfen können."

Sichtlich verärgert ergänzte er:

„Dessen ungeachtet hat unser König die Nase voll vom Franzosenkönig. Der Kerl hat ihm genug Ärger eingebracht und er wird zukünftig keinen Pfifferling auf ihn geben."

Danach stellte von Globig die Oberlausitzer dem Grafen von Einsiedel vor. Der Beamte avancierte 1813 zum Staatssekretär für innere und für auswärtige Angelegenheiten. Er folgte Friedrich August 1813 in die Gefangenschaft und galt als dessen engster Vertrauter. Sein guter Draht zum Landesherrn machte es möglich - mit einladender Handbewegung forderte er von Gersdorf und Fehrenteil auf:

„Folgen sie mir, die königliche Familie erwartet sie in diesem Moment."

Von Gersdorf und Fehrenteil zuckten zusammen. Unerwartet und schnell kam der Empfang. Zur Vorbereitung blieb ihnen keine Zeit. Um dreiviertel eins standen sie im Konferenzzimmer vor dem König und der Königin; daneben Prinzessin Auguste Amalie. Die Zwei erschraken. Sie kannten das Königspaar von früheren Besuchen in der Oberlausitz. Nun mussten sie ansehen, wie stark die Eheleute das Exil und der drohende Verlust des Landes mitnahm. Sie schienen um Jahrzehnte gealtert. Anders die Prinzessin: Mit dem Liebreiz ihrer 21 Jahre und dem gewinnenden

König Friedrich August I.

Lächeln war sie der Glanzpunkt im Raum. Sie gab Mut.

„Majestät", von Gersdorf nahm sein Herz in die Hand und verbeugte sich.

„Alle Stände und Volksschichten der Oberlausitz entbieten Ihnen die wärmsten Grüße. Froh, Eure Majestät wieder in Freiheit zu sehen, versichern wir Ihnen unsere Anhänglichkeit und unerschütterliche Treue".

Friedrich August nickte erhaben und hob den rechten Arm würdevoll zum Gruß. Wer genau hinsah, konnte seine Erregung erkennen, trotzdem behielt er die Fassung. Anders die Königin Maria Amalie. Wie vorher vereinbart, sprach von Fehrenteil sie an:

„Königliche Hoheit, wir Oberlausitzer versichern auch ihnen tiefste Gefühle der Verehrung. Voller Hochachtung sehen die Menschen in unserer Provinz, wie sie fest an der Seite ihres Gatten stehen. In den Jahrzehnten seiner gerechten und gütigen Regentschaft ist er zu einem wahrhaften Vater des Volkes geworden."

Kaum hatte von Fehrenteil ausgesprochen, überwältigten die Königin Gefühle. Maria Amalie schluchzte auf und weinte ungehemmt in ihr Taschentuch. Gefühlte Minuten vergingen in stiller Betroffenheit. Schließlich wagte es von Gersdorf, das Schweigen zu brechen. Er sowie von Fehrenteil baten den König, alle Bemühungen daran zu setzen, sein Erbe vor einer Teilung zu bewahren und bald nach Dresden zurückzukommen.

„Ohne Rückkehr Eurer Majestät in sächsische Lande wird auch uns Oberlausitzern kein Heil und Glück auf Dauer beschieden sein", meinte von Fehrenteil.

Wiederholt betonten sie, wie sehr sie ihren König verehrten. Sie lobten dessen milde und weise Regierung, unter der es den Sachsen gelungen war, einen geachteten Platz im Verband der deutschen Staaten einzunehmen. Es wäre ein Desaster, stünde Sachsen und die im Krieg zerschundene Oberlausitz zur Disposition. Familienbünde würden zerrissen, voneinander abhängige Land- sowie andere Wirtschaften getrennt und das Finanzsystem zerstört. Einverständig hörte die königliche Familie zu. Mit bewegenden Worten versprach Friedrich August, das in seiner Macht stehende zu tun, um die alten Verhältnisse wiederherzustellen. Abschließend dankte er von Gersdorf und Fehrenteil für das selbstständige Erscheinen der Oberlausitzer Stände. Er bat, dem Volk für dessen Liebe und Treue innigen Dank zu übermitteln.

Wie in Prag durften von Gersdorf und Fehrenteil auch in Pressburg an der Tafel des Hofes speisen. Am Nachmittag trafen sie nochmals Geheimrat von Globig und Minister von Einsiedel. Gemeinsam gingen sie die Briefe der Oberlausitzer Landstände durch. In diesem Zusammenhang kam zur Sprache, worauf von Gersdorf und Fehrenteil die ganze Zeit gewartet hatten. Unvermittelt fragte von Globig:

„Ich sehe in den Schreiben nur Unterschriften landständiger Vertreter. Wo sind die der Sechsstädte?"

Von Einsiedel bohrte weiter:

„Und überhaupt – warum ist nicht wenigstens ein Abgesandter der Städte mit ihnen nach Wien gereist?"

Von Gersdorf und Fehrenteil wollten nicht um den heißen Brei herumreden. Sie gestanden freimütig, dass die Städte am Tag der Beschlussfassung beabsichtigten, Boten nach Hause zu schicken. Mit Einverständnis ihrer Bürgermeister bzw. Räte, hätten sie unterschrieben und jemanden mitgeschickt. Aufgrund der Dringlichkeit wartete der Landtag nicht auf sie.

„Auf einen Tag mehr dürfte es wohl nicht angekommen sein!"

Von Einsiedel schaute sie vorwurfsvoll an.

„Die Stimme der Sechsstädte wäre ein gewichtiges Pfund gewesen."

„Nichtsdestotrotz" - schnell wechselte von Globig das Thema - „gibt es Hoffnung für die Oberlausitz".

Unter der Hand verriet von Globig, dass es in der Anfangsphase des Kongresses Gedankenspiele gab, Sachsen, die Lausitzen - und wenn nicht möglich, wenigstens die Oberlausitz - in den österreichischen Staatenbund einzugliedern. Kaiser Franz wäre das sehr zupassgekommen. Allein politische Macht- und Kräfteverhältnisse hätten dies verhindert. Nunmehr versuche man, die geplante Grenzziehung insofern zu korrigieren, dass historisch gewachsene, homogene Kreise erhalten bleiben. Diesbezüglich will der sächsische Hof seinen Einfluss geltend machen, die Oberlausitz vollständig bei Sachsen zu belassen und dafür den Preußen ein anderes Gebiet zu geben.

„Leider lebt Friedrich August zurzeit in einer Scheinwelt. Er wird ihnen gesagt haben, dass er komplett die alten Verhältnisse wiederhergestellt wissen möchte und die Wiener Akte nie und nimmer unterzeichnen wird."

Von Einsiedel stand auf und schaute bekümmert aus dem Fenster.

„Ich nehme an, sie haben bereits mit Graf von der Schulenburg gesprochen. Unser König wird unterschreiben müssen, sonst sieht er Dresden nie wieder. Die Russen und vor allem die unersättlichen Preußen reißen mit Gewalt an sich, was sie auf friedlichem Weg nicht kriegen können. Das ganze Konferenz-Tamtam wäre umsonst gewesen. Diese Tatsache haben wir Friedrich August in den nächsten Tagen schonend beizubringen. Das aber, meine Herren, wird an uns hängen bleiben ..."

Gedankenversunken sahen die Männer aus dem Fenster ihrer Kutsche. Weit konnten sie nicht ins Land blicken, denn das Wetter zeigte sich wieder mal von seiner schlechten Seite. Es regnete, der Tag war trübe. Am 12. März reisten von Gersdorf und Fehrenteil von Pressburg nach Wien zurück. Sie dachten an daheim, an ihre Familien, ihre Ämter und Besitzungen. Was soll aus ihnen werden, wie wird es weitergehen? Alles schien offen.

„Ich bete inständig, dass es Einsiedel, Globig und Schulenburg gelingt, den König zur Unterschrift zu bewegen und unsere Oberlausitz vor Teilung zu bewahren", unterbrach von Fehrenteil das Schweigen.

„Ja mein lieber Fehrenteil, vertrauen wir auf Gott, dass er alles ordentlich zu Wege bringt".

„Obwohl", ergänzte von Gersdorf nachdenklich, „wenn ich an die Preußen denke, habe ich kein gutes Gefühl. Wir kennen ihre Gier. In den vergangenen 70 Jahren haben sie unser Land nicht nur einmal bis zum letzten Blutstropfen ausgepresst."

Wie richtig von Gersdorf mit seiner Befürchtung lag, sollte sich bald zeigen. Zunächst kam das Unheil allerdings von einer anderen Seite:

„Ab heute kostet ein Zimmer 20 Gulden pro Nacht. Kerzen und Ofenholz gehen extra."

Von Gersdorf und Fehrenteil sahen einander verdutzt an. Wollte der Hotelbesitzer Zur Kaiserin von Österreich sie zum Narren halten? Weit gefehlt, denn mehr und mehr Leute reisten an, um beim Kongress Wünsche vorzubringen.

„Meine Zimmer sind ausgebucht, die Nachfrage bestimmt nun mal den Preis."

Die Herren müssten das verstehen, begründete der Wirt seine Forderung.

Von Gersdorf und Fehrenteil ahnten: Angesichts solcherlei Wuchers konnten sie nicht lange in Wien bleiben. Dabei steckten sie in einer Zwickmühle, denn es gab weißgott genug zu tun. Wie sie am nächsten Tag im Palais am Ballhausplatz erfuhren, sollten in den nächsten Wochen rund 100.000 russische sowie 20.000 preußische Soldaten durch die

Oberlausitz marschieren. Graf von der Schulenburg informierte sie, das Militär wolle beginnend in Lauban auf einer einzigen Straße in Richtung Westen durchziehen. Doch damit nicht genug! Des Weiteren beabsichtigten die Preußen, so von der Schulenburg weiter, in Sachsen eine Sondersteuer in Höhe von 2 Millionen Talern einzutreiben.

„Satans Werk - der reine Irrsinn! Wir haben diese Rücksichtslosigkeiten satt! Sie geben uns den endgültigen Todesstoß!"

Wütend schlug von Gersdorf die Faust auf den Tisch. Von Fehrenteil sackte auf dem Stuhl zusammen und hielt seine Hände vors Gesicht. Von der Schulenburg konnte die beiden verstehen. Nur zu gut wusste er, wie schwer Sachsen und Oberlausitzer im Krieg leiden mussten. Franzosen, Polen, Russen sowie Preußen lieferten sich dutzende Gefechte, marschierten im Land hin und her, fraßen den Leuten die Haare vom Kopf und raubten ihnen alle Habe. Typhus grassierte allerorten - nicht wenige Städte hatten die halbe Einwohnerschaft verloren; reihenweise lagen Bauernhöfe verödet und viele Rittergüter waren bis auf den letzten Stein verschuldet. Von Gersdorf und Fehrenteil taten in den nächsten Tagen alles, das Unheil abzuwenden, und versuchten, an Verantwortliche heranzukommen. Zum Glück kam ihnen von Globig zu Hilfe. Gemeinsam beschlossen sie, in dieser Angelegenheit den preußischen Staatskanzler von Hardenberg anzugehen. Viel konnten sie bei ihm jedoch nicht erreichen. In einem Brief wiegelte er ab und verwies an die Verwaltung des Generalgouvernements. Dennoch war es von Gersdorf und Fehrenteil gelungen, dass die Preußen einen Teil der Truppen durch Böhmen leiteten und die Truppenstärke dadurch geringer ausfiel. Immerhin ein kleiner Erfolg, dieweil in Bezug ihres großen Anliegens alles offen schien ...

Die schlechteste Meldung in der sächsischen Geschichte

In der Hoffnung, für ihre Kreise sprechen zu können, kamen zwischen 22. und 24. März auf Einladungsschreiben des Geheimrates von Globig Deputierte aus ganz Sachsen in Wien an. Als sie hörten, dass die oberlausitzer und niederlausitzer Stände schon längere Zeit vor Ort waren, hielten sie sich an diese „Alten Hasen". Von Gersdorf und Fehrenteil erhielten unerwartet die Ehre, als quasi inoffizielle Delegationsleiter der Ständevertretungen zu fungieren. Allseits geschockt über die immens gestiegenen Preise, beschloss man, für die kommende Zeit eine gemeinsame Kasse anzulegen und zu Beratungen künftig im Billardzimmer des Hotels Zur Kaiserin von Österreich zusammen zu kommen. Einige Tage später eröffnete von Gersdorf hier den Delegierten, dass, einem Brief von Globigs aus Pressburg zufolge, die Verhandlungsführer den König verstärkt unter Druck setzen. Erst wenn er die vom Kongress getroffenen Festlegungen ohne Wenn und Aber akzeptiert, könne über Durchführungsmodalitäten verhandelt werden. Von Globig empfahl den Deputierten, sofort um Audienz beim Fürsten Metternich nachzusuchen und ihm die Bitten der sächsischen Stände persönlich zu übermitteln. Tatsächlich erwirkten sie durch Bemühung Schulenburgs für den 2. April einen Termin. In der Kanzlei des österreichischen Außenministers angekommen, wartete allerdings nur der Sekretär mit einer lapidaren Auskunft auf sie:

„Es tut seiner Durchlaucht unendlich leid, aber der Fürst musste dringend zu einer anderen Session."

„Ja ja, zum Ballvergnügen und Tanzen bleibt denen Zeit. Aber Sachsen interessiert sie nicht die Bohne", entfuhr es ungewollt dem Leipziger Stadtvertreter Dr. Einert.

Enttäuscht und wütend zogen die sächsischen Abgeordneten unverrichteter Dinge wieder ab.

Was die Vertreter der einzelnen Regionen nicht wussten: Metternich wollte zu diesem Zeitpunkt weder Bitten annehmen, noch konnte er das sächsische Volk positiv bescheiden. Wie von Gersdorf und Fehrenteil in den vergangenen Wochen schon oft hören mussten, gab es zur Teilung Sachsens keine Alternativen. Allen Hoffnungen zum Trotz war selbst in Hinblick auf Grenzkorrekturen nichts zu machen. Zwei Tage nach dem erfolglosen Besuch bei Metternich kam es wie erwartet: Von Globig erschien in Wien und eröffnete den Ständen, Friedrich August wolle von jeder Delegation einen Vertreter sehen, um seinen Entschluss zu verkünden. In der Nacht ließen sie anspannen und fuhren mit banger

Vorahnung nach Pressburg. Würde es kommen, wie befürchtet, oder sollte doch noch ein Wunder geschehen?

Morgens angekommen, mussten die Deputierten feststellen, dass sie ihre Abfahrt übereilt hatten. Erst am Mittag des 6. April ließ der König sie vor. Von Gersdorf, der als Vertreter der Oberlausitz mitreiste, stellte fest, dass alles genauso war, wie beim letzten Besuch. König und Königin saßen am selben Platz neben der Prinzessin Auguste. Dennoch gab es kleine Unterschiede. Der König bemühte sich zwar wie immer um Fassung, seine tiefe Verbitterung sowie nervliche Anspannung sah man ihm dagegen deutlicher an. Sein Kiefer mahlte, die Hände zitterten, die Königin saß mit Tränen in den Augen da. Unablässig tupfte sie das Taschentuch übers Gesicht, währenddessen Friedrich August mit bebender Stimme sprach,

„Ich habe alles, was möglich war für Sachsen getan."

Im Raum herrschte Grabesstille.

„Sie erpressen mich! Wenn ich nicht mit der Abtretung eines großen Landesteiles einverstanden bin, wie sie der Kongress beschlossen hat, verschwindet unser Königreich von der Landkarte. Ein schreiendes Unrecht, das mit der Macht preußischer sowie russischer Gewehre erzwungen wird. Nach gründlicher Beratung habe ich mich unter Vermerk heftiger Missbilligung entschlossen, der Teilung zuzustimmen."

In von Gersdorf brach ein Weltbild zusammen. Sie hatten die Katastrophe vorausgesehen, doch jetzt war sie endgültig. Automatisch dachte er an seinen Kollegen von Fehrenteil. Wie wird er das Unwiderrufliche hinnehmen? Er, der alteingesessene, leidenschaftliche Oberlausitzer, der stets loyal zum Landesherren stand? Von Gersdorf hing Gedanken nach. Nur fern vernahm er des Königs Worte. Dieser redete von ererbten Landen, den Lausitzen, die Sachsen als Pfand zustanden, seiner Familie und seinem Werdegang. Ausführlich erläuterte er die Umstände, die ihn seit 1806 zwangen, mit Napoleon zu gehen. Zum Schluss dankte er allen für ihre Treue und spendete den aus dem Reich scheidenden Ständen Trost.

„Bewahren Sie, meine Herren, Sachsen tief im Herzen! Verlieren Sie nicht den Mut! Ich bin überzeugt, der Tag wird kommen, an dem

politische Veränderungen unser Land wieder vereinen."
Damit endete die Audienz. Betroffen und schweigend verließen die Delegierten das Konferenzzimmer. Am selben Tag fuhren sie zurück nach Wien, im Gepäck die wohl schlechteste Meldung in der sächsischen Geschichte.

Eines Tages sind wir wieder zusammen

Am 7. April, so verfügte der König, durften die restlichen Deputierten, darunter von Fehrenteil, in Pressburg zur Abschiedsaudienz erscheinen. Die Männer erwarteten keine Neuigkeiten, wussten aber den Akt als Beweis der Dankbarkeit zu schätzen. Von Fehrenteil hatte sich mit seinem Schicksal, zumindest äußerlich, erstaunlich gut abgefunden. Er nickte nur, wie von Gersdorf ihm die Botschaft von der besiegelten Teilung überbrachte. Nachdem die zweite Delegation zurück in Wien war, gab es im Grunde nichts mehr zu tun. Lediglich einige sollten bleiben, um ihre Kreise über die aktuelle Entwicklung auf dem Laufenden zu halten. Von Fehrenteil konnte jetzt abreisen. Er blieb jedoch.

„Mein lieber Gersdorf, wir sind gemeinsam gekommen und haben viel erlebt, wir fahren auch gemeinsam zurück", meinte er.

Dass einige Deputierte bleiben sollten, schien insofern angebracht, da Napoleon in Frankreich die Macht zwischenzeitlich wieder an sich gerissen hatte. Wendungen waren nicht auszuschließen. Und weil deswegen die Zeit drängte, lehnte der Kongress Bitten Friedrich Augusts bezüglich diverser Übergabemodalitäten strikt ab. Nach Hause zu melden gab es jetzt nichts mehr, ein Verbleib erwies sich als sinnlos. Am 24. April verließen von Gersdorf und Fehrenteil Wien. Am 27. verweilten sie noch einmal in ihrem alten Prager Gasthof und kamen den 29. April in Zittau an. Vor der Poststation lud von Fehrenteil sein Gepäck ab und wollte von hier zum Gut in Bellmannsdorf weiterfahren.

Da standen sie, der bleibende Sachse gegenüber dem künftigen Preußen. Für Minuten still, dann fielen sie einander in die Arme. Eines Tages sind wir wieder zusammen, in einer einigen Oberlausitz – so wird es kommen, davon sind wir überzeugt ...

∞∞∞∞

Wenn Steine reden könnten

∞∞∞∞

Ebertstein

Inmitten des Ortes Ebersdorf bei Löbau, die Dorfstraße hinauf, gleich hinter der Gaststätte Nussbaum, steht ein stattlicher Findling vor einer schönen Deutschen Eiche. Stolz trägt er ein Schild auf seiner Brust. Darauf ist zu lesen: ,700 Jahre Ebersdorf 2017'. Darüber ist er echt froh, denn in den letzten Jahren schauten ihn die Vorübergehenden kaum an - keiner interessierte sich für ihn. Doch nun haben ihn die Einwohner anlässlich ihrer Jubiläumsfeier am 20. Mai 2017 quasi zum steinernen Repräsentanten ihres 1317 erstmals erwähnten Ortes gemacht. Seit dem 16. Jahrhundert gehört das Dorf zu Löbau und ist mit dem Schicksal dieser Stadt eng verbunden. Und gerade darüber sowie dem wechselnden Geist der ansässigen Leute hätte er eine Menge zu erzählen. Wie gesagt: Wenn er denn reden könnte ...

Vor 90 Jahren in Ebersdorf

Nehmen wir einfach mal an, er könnte sprechen, dann würde er berichten, dass er unzählige Jahre friedlich auf dem heute so genannten Jäckelberge gelegen hätte. Da wäre er eigentlich gerne geblieben, doch daraus wurde nichts. Auf Geheiß der Ortsgruppe der Sozialdemokratischen Partei Deutschlands (SPD) schleppten ihn Ebersdorfer Arbeiter 1928 mühevoll zu ebenjener Deutschen Eiche, damit er eine Bestimmung bekäme und zu diesem Zweck ordentlich hergerichtet werde. Hergerichtet als Denkmal für den 1925 verstorbenen ersten deutschen Reichspräsidenten, der ersten Deutschen (Weimarer) Republik. Hierfür erhielt er eine bronzene Gedenktafel, darauf der Kopf und Namenszug ebendieses Friedrich Ebert, nebst dem bedeutungsvollen und richtungsweisenden Spruch: ‚Gemeinnutz geht vor Eigennutz‘.

Am Sonntag dem 9. September 1928, Punkt 13 Uhr, so würde uns der Stein weiter erzählen, trafen sich Ebersdorfer Sozialdemokraten mit den Gemeindeverordneten und vielen Sympathisanten am Tanz- und Vergnügungshaus ‚Tonhalle‘. Sie marschierten alsdann unter den Klängen zweier Kapellen die Dorfstraße entlang, um ihn und die Eiche offiziell als Denkmal einzuweihen und ihnen den Namen ‚Ebert‘ zu verleihen. Erhaben war er ja, der Weiheakt. Zuerst sangen der Volkschor Löbau und der Gesangverein ‚Freie Sänger‘ zwei passende Lieder und der Reichstagsabgeordnete Krätzig schilderte in einer Rede das Leben des ersten deutschen Reichspräsidenten. Er lobte die Republik und den bereits 10 Jahre andauernden Frieden. Auch fand der Redner nette Worte über die Eiche, neben der er als Gedenkstein in Zukunft stehen sollte. Ein 12-jähriges Mägdelein namens Christiane Kern - Tochter des Zimmermannes Gottlieb Kern - pflanzte sie einst im Jahre 1816. Sie tat das spontan aus Freude über ihren heimgekehrten Vater. Wie durch ein Wunder hatte dieser, als sächsischer Soldat auf der Seite Napoleons stehend, alle Schlachten des Krieges heil überstanden.

„Das Bäumchen wuchs heran, wurde ein Jüngling und kräftiger Mann, würdig fortan den Namen Ebert zu tragen", hörte der Stein den Redner damals sagen.

Zum Schluss übernahm Bürgermeister Alwin Liebe die Eiche und ihn, den Stein, in seine Obhut. Anschließend zogen die Festaktteilnehmer, begleitet von Marschweisen, zum Jäckelberge. Dort beendeten, im Rahmen einer Feierstunde mit Bierausschank, musikalische sowie sportliche Darbietungen den denkwürdigen Tag.

Vor 85 Jahren in Ebersdorf

Doch keine fünf Jahre vergingen, so würde der Stein klagen, da schraubten missmutige Menschen mein Schild wieder ab. Er konnte das anfangs nicht verstehen. Auch wenn viele Politiker den Spruch als persönliche Handlungsmaxime ignorierten, schien doch dessen Botschaft nicht uninteressant zu sein. Erst später erfuhr er, was Trauriges in der Welt geschehen war. Der ‚Schwarze Donnerstag' im Oktober 1929 ließ die New Yorker Börse zusammenkrachen. Das Ereignis brachte die gesamte Weltwirtschaft solcherart ins Schwanken, dass der seit Ende des Ersten Weltkrieges ausgeraubte und auf schwachen Füßen stehende Deutsche Demokratische Staat den Problemen nicht mehr gewachsen war. Ein Drittel der erwerbsfähigen Bevölkerung ging stempeln, Schulden drückten und die christlichen, sozialdemokratischen sowie liberalen Politiker stritten heillos miteinander und zeigten sich unfähig, das Land aus der Krise zu manövrieren. Kurz: Die Situation schien aussichtslos und Reichspräsident Hindenburg ernannte den Führer der Nationalsozialisten Adolf Hitler im Januar 1933, mit den ihm nachgesagten Worten, „da wollen wir mal sehen, wie der Hase jetzt läuft", zum Reichskanzler. Ebert und seine Genossen galten nun offiziell als sogenannte

‚Novemberverbrecher', die im Jahre 1918 Land und Volk verraten hatten. Sie gehörten deshalb weggesperrt. Somit verschwanden auch einige Ebersdorfer SPD-ler kurzerhand im KZ, unter ihnen Bürgermeister Alwin Liebe.

Der Gedenkstein bekam folglich ein neues Schild, diesmal mit dem hitlerschen Sinnspruch: ‚Du bist nichts. Dein Volk ist alles'.

Philosophisch gesehen meinte dieser Leitsatz ja irgendwie dasselbe wie der Vorhergehende. Ganze zwölf Jahre dachte der Stein nach, ob er über den Wechsel froh sein oder darüber weinen sollte. Doch plötzlich unterbrachen fremde Soldaten seine Gedanken. Sie erschienen im Dorf und sprachen Sätze, deren Bedeutung ihm verschlossen blieb. Diese Soldaten - es waren, wie die Leute im Dorf sagten, Russen – sperrten nun wiederum die ein, die vorher die anderen eingesperrt hatten. Der Stein verstand die Welt nicht mehr! Noch weniger, als die neuen Bestimmer seine Gedenkplatte erneut abmontieren ließen. Vier lange Jahre war er danach ein sogenannter ‚No-Name-Stein', denn es gab keinen Spruch, an den sich die Ebersdorfer orientieren wollten.

Vor 69 Jahren in Ebersdorf

Bis endlich eine neue Zeit anzubrechen schien. Der Stein würde jetzt an das Jahr 1949 denken und (wenn er es könnte) davon erzählen, dass man eine gewisse DDR gründete. Zumindest ein Teil der Deutschen wollte zukünftig alles besser machen. So hatte er es von Leuten, die an ihm vorbeigingen, aufgeschnappt.

„An dieses historische Ereignis müssen wir uns erinnern", dachten sich einige Genossen der vor Kurzem gegründeten SED-Partei.

Sie befestigten an dem Findling, damit er nun eine endgültige Bestimmung erhalte, ein neues Schild, diesmal mit der Aufschrift: ‚Gründung der Deutschen Demokratischen Republik am 7. Oktober 1949'. Stolz, wieder etwas wert zu sein, beobachtete er nun einundvierzig Jahre lang das bunte Treiben der Ebersdorfer und ihrer Gäste. Erst sah er F8, P70, später dann Trabbis, Wartburgs und Ladas die Dorfstraße hinauf und hinunter fahren. Anfangs, so wüsste er zu berichten, ratterten sogar NVA-Panzer durch den Ort, weil auf dem Dorfberg, genannt Jäckel, ein Übungsplatz war.

Vor 28 Jahren in Ebersdorf

Doch eines Tages, der Stein wunderte sich sehr, sah er besorgte, unzufriedene Menschen an sich vorbei ins nahe Löbau ziehen. Wortfetzen wie:

„Demo …, Schnauze voll …, hier muss sich was ändern …", schnappte er auf.

Sogar Plakate mit Schlagworten: ‚Stasi raus' und ‚Wir sind das Volk', waren zu sehen. Als mittlerweile erfahrener Stein ahnte er für sein Ego nichts Gutes, auch wenn er ab und zu auf Spruchbändern das ihm von früher her bekannte Kürzel ‚SPD' erkannte. Und so kam es, wie es kommen musste: Einige Monate später - seiner Schätzung nach war es im Jahre 1990 - schlichen sich Männer mit Schraubenziehern feige an ihn heran und entfernten erbarmungslos die mittlerweile dritte Platte von seiner ach so schuldlosen Brust.

Heute in Ebersdorf

Seitdem sind 28 Jahre ins Land gegangen und als ich (d. A.) neulich den ehrwürdigen Stein besuchte, glaubte ich, ihn flüstern zu hören:

„90 Jahre stehe ich mit meiner alten Freundin, der Eiche, nun hier. Treu, jeweils den Zeitgeist hochzuhalten, der euch wichtig war. Heute symbolisiere ich etwas, dass mir hoffentlich niemand mehr nehmen wird: das Gedeihen eures stolzen Dorfes. Achtet darauf, dass es so bleibt, und haltet fest, was ihr aus guten und schlechten Zeiten ererbt. Lernt aus den Fehlern eurer Ahnen und gebraucht euern Verstand. Auf dass sich keiner mehr an meiner Brust zu schaffen mache!"

„Ein Glück", dachte ich, „dass Steine manchmal doch reden können"!

Fluch und Segen – der Böhmische Wenzel

ooooo

Wenn jemand über Räuber und Diebe in der Oberlausitz erzählt, erwarten die Zuhörer in der Regel Geschichten von Johannes Karasek. Ähnlich Johannes Bückler alias Schinderhannes im Pfälzischen oder Karl Stülpner im Erzgebirge war dieser Mann der legendärste Schurke in hiesigen Landen. Von den Leuten zuweilen Prager oder Böhmischer Hansel genannt, trieb er sein Unwesen vornehmlich in oberlausitzer und böhmischen Gefilden. Um Verfolgern ein Schnippchen zu schlagen, nutzte er geschickt regionale Gegebenheiten aus. Zum einen war es nicht weit ins österreichische Böhmen, zum anderen verblieben, nachdem die Oberlausitz 1635 zu Sachsen kam, im Land böhmische Enklaven. Hervorragende Möglichkeiten also, bedarfsweise sächsischen bzw. österreichischen Gerichten zu entkommen. Das freilich nutzte ihm eines Tages nichts mehr. Dragoner fassten ihn und im Jahre 1809 verstarb er in Festungshaft.

Was heute viele nicht mehr wissen: Unmittelbar nach Karasek gab es einen zweiten, damals nicht weniger berühmten Räuber in der Oberlausitz. Er wirkte sogar länger als sein Vorgänger. Genau wie Karasek hassten ihn die Reichen. Die Armen dagegen spannen Legenden und verehrten ihn. Ebenso wie Karasek nutzte er örtliche Besonderheiten zu seinem Vorteil. Er streifte sowohl durch sächsisches als auch österreichisches Gebiet und verschwand nach Beutezügen in einer böhmischen Enklave. Während Karasek das Territorium um Leutersdorf bevorzugte, zog es ihn nach Neuschirgiswalde. Erstaunliche Parallelen gab es gleichfalls in Hinsicht der Lebensläufe. Beide erblickten in Böhmen Anfang der 1760er Jahre das Licht der Welt, beide erlernten einen ordentlichen Beruf, dienten bei der österreichischen Armee, aus der sie später desertierten. Beide waren durch ihre Freigiebigkeit gegenüber einfachen Leuten, ihr einnehmendes Wesen sowie gute Umgangsformen bekannt.

Über das Leben des Wenzel Kummer, so hieß der Schurke mit bürgerlichem Namen, wissen wir nicht viel. Das ist einer der Gründe, warum sein Nimbus heute im Schatten des Johannes Karasek steht. Eigentlich zu Unrecht, denkt man an die spektakulären Missetaten und Fluchten dieses Mannes. Der Auslöser für dessen kriminelle ‚Karriere‘ ist im Militärdienst zu suchen. In Theresienstadt zog er eines Tages die Uniform aus und verschwand klammheimlich aus der Garnisonstadt. Ob er den Drill satthatte oder eine Frau im Spiel war, weiß keiner genau. Ständig in Angst eingefangen zu werden, kam Wenzel nach Sachsen. In Ostritz soll er unerkannt als Maurer und danach bei einem Bauern in Niedergurig als Knecht gearbeitet haben. Eines Tages lernte er eine Diebesbande kennen und fand Gefallen an diesem ‚Handwerk‘. Er stellte sich offenbar geschickt an, worauf er bald zum Anführer emporstieg. Vom Räubernest Neuschirgiswalde aus unternahm er mit seinen Kumpanen zahlreiche Züge in die Umgebung; über den sogenannten Schluckenauer Zipfel bis nach Sebnitz und Neustadt. Die Leute nahmen ihn wahr in einer Mischung aus Hass, Furcht, gleichwohl Verehrung sowie Respekt und nannten ihn fortan den Böhmischen Wenzel.

Außer seinen engsten Vertrauten wusste keiner, wer der Böhmische Wenzel war. In der Öffentlichkeit blieb er unerkannt. Stets inkognito zeigte er sich redegewandt und fiel durch gute Umgangsformen auf. Oft trug er eine Jägeruniform. Dies war schick und kam vor allem beim weiblichen Geschlecht gut an. Dass Wenzel aufgrund seiner kriminellen Aktivitäten permanent im Fadenkreuz der Obrigkeit stand, verwunderte niemanden. Entsprechend begannen ab 1809 für ihn schwierigere Zeiten. Da während der napoleonischen Kriege das Militär kaum polizeiliche Aufgaben wahrnehmen konnte, ordnete der sächsische König an, sogenannte Polizeijäger einzusetzen. Mehrmals schnappten die Gendarmen Mitglieder von Wenzels Bande. Er selber jedoch entkam ihnen ein ums andere mal.

Im Oktober 1813 riss Wenzels Glücksfaden. In der Nähe von Schirgiswalde verhaftete ihn ein Polizeijäger. Doch nicht mehr als ein Jahr und neun Monate hielt er es in der Fronfeste Bautzen aus – am 25. Juli 1815 floh er. Die gewonnene Freiheit durfte er allerdings nicht lange genießen. Ende September fingen ihn die Verfolger erneut ein. Doch Wenzel war hartnäckig. Er täuschte alle und büchste in der Nacht vom 14. zum 15. Oktober zum zweiten Mal aus. Nun war der Mythos vom Böhmischen Wenzel perfekt. Nicht allein die Diebeszüge hatten ihn berühmt gemacht, jetzt dichtete das Volk ihm sogar magische Kräfte an. Ein gewöhnlicher Sterblicher, im Verlies angekettet, käme niemals aus der Bautzener Fronfeste, sagten sie. Nein, beim Wenzel ginge es nicht mit rechten Dingen zu. Er ritt mit einem Besenstiel, wussten die einen, er flog auf einem ausgebreiteten Mantel, meinten die anderen. Der Umstand, dass die Obrigkeit Wenzel Kummer nach seiner zweiten Flucht lange nicht fassen konnte, befeuerte die Mär vom verkappten Hexer. Hin und wieder leistete er sogar einen Beitrag zur Erziehung der Kinder. Wenn eines von ihnen nicht artig war oder ins Bett wollte, hieß es:

„Der Böhmische Wenzel schleicht ums Haus, gleich kommt er, dich holen!"

Das zog – im Nu war selbst der größte Rabauke ruhig und kroch schlotternd unter die Bettdecke.

Die Ernüchterung kam, als man ihn beim gewöhnlichen Diebstahl in einem Fleischerladen in Hirschberg am See erwischte und dingfest machte. Diesmal sperrte ihn das Gericht für immer und ausbruchssicher ein. 1820 verstarb Wenzel Kummer im Zuchthaus Jungbunzlau. Was von ihm blieb, waren Legenden. Nicht viele Geschichten über den Böhmischen Wenzel sind erhalten geblieben. Zwei davon sollen auf den nächsten Seiten erzählt sein.

Jungbunzlau - Mladá Boleslav, Tschechien

Mit dem Böhmischen Wenzel scherzt man nicht

ooooo

Was das schöne Geschlecht anging, kannte Wenzel keine Verlegenheit. Warum er bei Frauen ankam? Das werden Männer vielleicht nie verstehen, denn der erotische Hang, sich mit dem Ruch des Verbrechens zu umgeben, bleibt wohl ein ewiges Geheimnis des Weiblichen. In oberlausitzer und böhmischen Dörfern war das nicht anders. Es gab viele Mädchen, die ihn bewirteten und auf mancherlei süße Art zu verwöhnen wussten. Wie es scheint, war Wenzel in Liebesdingen gut – verraten hat ihn jedenfalls keine Einzige.

Ortseingang Karolinstal

Um Frauen kennenzulernen, nutzte Wenzel gern ländliche Tanzvergnügen. So auch an einem spätherbstlichen Sonntag im

Böhmischen. In Karolinstal kamen nach 6 Uhr Burschen und Mädchen der näheren Umgebung in einer großen Bauernstube zusammen. Eine Dreimannkapelle spielte Musik, aus zwei Fässern sprudelte frisches Bier und für die Mädchen gab es Wein. Ein urgemütlicher Abend, an dem gefeiert sowie zarte Bande geknüpft bzw. vertieft wurde. Plötzlich aber hielt das frohe Treiben für einen Augenblick inne. Alle starrten zur Tür, denn justament betraten zwei Männer den Raum. Der Erste, Mitte 40 von untersetzter Figur, hatte schwarze Haare und blaue Augen. Er trug eine pikfeine Jägeruniform und schien der Chef zu sein. Die Beiden nahmen Platz, riefen nach dem Wirt und ließen reichlich Bier sowie Essen auftragen. Niemand kannte die Beiden. Zum Glück, sonst wäre der Abend zu Ende gewesen. Es handelte sich nämlich um den Böhmischen Wenzel und dessen Räuberkumpan Löhr.

Wer denkt, Wenzel Kummer und Löhr wären einzig des Vergnügens wegen gekommen, irrt gewaltig. Zum angenehmen Teil ihres Auftauchens gehörte zweifelsfrei das amouröse Erlebnis. Der andere (noch wichtigere) Grund allerdings war, lohnende Raubziele auszubaldowern. Zu diesem Zweck erschienen ihnen Orte, an denen viele Menschen zusammenkamen, wie geschaffen. Noch dazu, wenn bei Volksbelustigungen Bier und Wein die Zungen lockerten. Beide beobachteten aufmerksam das Geschehen und behielten, sollte sie jemand erkennen, stets den Fluchtweg im Auge. Nach einer Weile fiel Wenzel ein bildhübsches Mädchen auf. Die Burschen umschwirrten es wie die Bienen. Runde um Runde musste die Schöne mit Verehrern drehen. Besonders mit einem, der wie ein Gockel umherstolzierte und meinte, das Mädel gehöre ihm. Wenzel fuhr mit der Hand über seine Wange und sein Kinn. Die Art, wie das Mädchen Kreise drehte, wie sie die blonden Locken aus dem Gesicht strich und ihre Körperpartie das blauweiße Sonntagskleid füllte, machte ihn begierig. Wenzel überlegte kurz und wägte das Risiko ab. Sein Eroberungsdrang siegte: Die Gelegenheit durfte er nicht auslassen. Diese Anna, wie die Dorfjugend sie nannte, musste er haben.

Karolinstal – Karlín, OT von Dolní Poustevna, Tschechien

Also schlich Wenzel zum Kapellmeister, steckte ihm ein Geldstück in die Tasche und tuschelte ihm ins Ohr. Der nickte und verbeugte sich dankbar. Sodann ertönte ein Tusch, worauf er verkündete:

„Der Herr Jägersmann bittet zum Solotanz!"

Zögernd, zugleich neugierig, nahmen alle an ihren Tischen Platz. Wenzel hingegen, entschlossen, es darauf ankommen zu lassen, schritt majestätisch über den Tanzboden stracks auf Anna zu. Im Gegensatz zu hiesigen Umgangsformen verbeugte er sich tief und sprach:

„Schöne Jungfer darf ich es wagen, sie um einen Tanz zu fragen."

Anna begriff nicht, wie ihr geschah. Sie errötete, zupfte zuerst nur an ihrem Kleid und nickte dann verlegen. Der Fremde nahm sie bei der Hand und führte sie mitten auf die leergefegte Tanzfläche. Alle Blicke waren auf die Beiden gerichtet. Den Burschen klappten die Kiefer nach unten, umso mehr, als sie sahen, wie elegant der Jäger Anna im Takt der Musik zu führen verstand. Nachdem die Runde beendet war, setzte Wenzel noch einen drauf und rief den Wirtsleuten zu:

„Zapft ein neues Fass an! Ich lade alle zum Freitrunk ein."

Begleitet von Jubelrufen und Beifall führte Wenzel die Anna an seinen Tisch. Er ließ Wein und Essen für sie kommen. Auf den Taler an kam es ihm nicht, denn sein Geldbeutel war wie üblich prall gefüllt. Bei den Leuten war der Bann gebrochen. Alle kamen, um mit den unbekannten Männern sowie der übers ganze Gesicht strahlenden Anna anzustoßen. Solch eine Freude hatte Karolinstal seit Jahr und Tag nicht mehr gesehen.

Einer jedoch schien keinen Spaß zu verstehen: Annas verprellter Möchtegern-Liebhaber. Verbittert stand er in der hintersten Ecke des Saales und versuchte, zwei Burschen zu überreden, mit ihm gemeinsam die Fremdlinge hinauszuwerfen. Vergeblich, denn beiden fehlte es an Courage.

„Wer weiß, wer die sind", meinten sie, „am Ende ist es der Jäger vom Schloss Schluckenau mit seinem Gehilfen".

Schluckenau – Šluknov, Tschechien)

62

Sich offen mit solchen Leuten anzulegen, wäre zu gefährlich. Alleingelassen, setzte der zurückgewiesene Verehrer jetzt alles auf eine Karte und wollte es seinem Konkurrenten gleichtun. Kaum war der Tusch zum von ihm bestellten Solotanz verklungen, starrten sämtliche Augen auf Anna. Vor ihr stand der Verschmähte und forderte sie in seiner gewohnten Art auf:

„Los komm, jetzt tanzt du mit mir!"

Doch Anna senkte ihren Blick, schüttelte den Kopf und blieb sitzen. Wenzel nutzte diese Gelegenheit und trieb das Spiel auf die Spitze. Behutsam erfasste er Annas Hand und lächelte. Seinen Widersacher ließ er währenddessen keine Sekunde aus den Augen. Er ahnte, was gleich passieren würde. Und tatsächlich: Blind vor Wut zog der ein Messer aus der Weste. Ehe jedoch der Angreifer näherkommen konnte, sprang Wenzel auf, schlug ihm die Waffe aus der Hand und drehte dessen Arm auf den Rücken. Anschließend stieß er ihn zur vorsorglich vom Löhr geöffneten Tür hinaus ins Freie.

„Komm mir ja nicht mehr in die Quere du armseliger Wurm", rief er ihm hinterher.

Und wieder applaudierte und jubelte der Saal, als Wenzel abermals verkündete:

„Ein neues Fass Bier und süßen Wein für alle Mädchen!"

Die Stimmung war auf dem Höhepunkt - der Tanz ging ausgelassen weiter. Wenzel fragte die um ihn herumsitzenden Burschen, wer denn der Störenfried gewesen sei.

„Ach, das war bloß der Sohn vom Teichmüller", winkten diese ab.

Auf die fragenden Blicke fügten einer hinzu:

„Keiner hier mag den aufgeblasenen Lackel. Gibt an wie ein Baron, nur weil die Müllersleute die Reichsten im Dorf sind."

Wenzel begriff, er stand auf, verbeugte sich vor Anna und führte sie zum Tanzboden. Dass er dabei dem Löhr vielsagend zunickte, schien im allgemeinen Trubel unterzugehen ...

Noch bis nach Mitternacht drehten die Paare ihre Kreise. Mittendrin unerkannt der Böhmische Wenzel und sein Kumpan Löhr. Viele Mädchen wollten mit den beiden tanzen. Löhr nahm die Angebote gern an, Wenzel hingegen blieb Anna treu. Und wie es immer war, ging auch dieser schöne Abend zu Ende. Die Dorfjugend nahm Abschied voneinander. Jeder lief seiner Wege, manche allein, manche eng umschlungen. Keiner versäumte jedoch, den gönnerhaften Fremden ein „Kommt bald wieder" hinterherzurufen. Auch Anna winkte ihrem Jäger hinterher, bis er in der Dunkelheit verschwand. Sie war überglücklich, weil er ihr beim Auseinandergehen versprach, sie bald zu besuchen. Als das Räuberpaar sich unbeobachtet wähnte, lief es schnellen Schritts in den Wald hinein. Wenzel bedeutete Löhr, jetzt auf der Hut zu bleiben. Das freilich war überflüssig. Nur zu oft begleitete er seinen Anführer und wusste, dass solche Aktionen in den seltensten Fällen glimpflich endeten.

Auch heute schien Ärger angesagt. Ein Stück tiefer im Wald stupste Löhr seinen ‚Chef' an und zeigte unauffällig nach hinten. Wenzel nickte und schob vorsorglich die Ärmel nach oben. Keinen Augenblick später stürzten hinterrücks 3 Gestalten heran und versuchten, sie niederzuwerfen. Doch nicht mit Wenzel und Löhr! Beide beherrschten waffenlose Angriffs- und Verteidigungstechniken perfekt. Blitzschnell duckten sie sich weg und drehten ihre Körper den Angreifern zu. Ehe der Erste reagieren konnte, schlug Wenzel ihm die Handkante gegen die Halsschlagader. Den Zweiten warf er über die Schulter und versetzte ihm mit eisenbeschlagenen Stiefeln kräftige Tritte. An Leben und Tod verschwendete er im Moment keinen Gedanken. Es waren hundertfach eingeübte Griffe, um sich, wurde es ernst, zur Wehr zu setzten. Genauso beim Löhr, der gerade dabei war, den Dritten mit Fäusten zu traktieren, dass dieser um Gnade winselte. Nicht eine Minute dauerte es, bis der Kampf zu Ende war und Wenzel registrierte, wer durch seine Hand ohnmächtig dahingestreckt am Wegrand lag.

„Lass gut sein", wies Wenzel den Löhr an, „schicken wir die zwei anderen Pappnasen nach Hause. Dem hier", er zeigte auf den am Boden liegenden Müllersohn, „dem allerdings werden wir jetzt eine Lektion erteilen".

Während seine Spannemänner hinkend davonschlichen, zerrten die beiden Räuber den Anstifter des Überfalls an einen Baum und banden ihn fest. Wie er das Bewusstsein langsam wiedererlangte, zischte Wenzel ihm warnend ins Ohr:

„Merk dir das, du jämmerlicher Wicht, mit dem Böhmischen Wenzel scherzt man nicht!"

Erst mit dem anbrechenden Tag fassten die Kumpane des Teichmüllersohnes Mut und humpelten in den Wald, um nach Letzterem zu sehen. Sie fanden den halb erfrorenen heruntergesackt am Baumstamm und befreiten ihn aus der misslichen Lage. Auf dem Heimweg erfuhren sie von ihm, wer ihnen in der Nacht derart übel mitgespielt hatte. Im Geiste schlugen sie drei Kreuze und dankten dem Herrn, mit dem Leben davongekommen zu sein. Für den unbeteiligten Teichmüller kam das dicke Ende ein paar Tage später. Er erhielt ‚Besuch' von der Wenzelsbande. Nach Mitternacht schlichen die Räuber in dessen Mühle und fesselten die im Schlaf überraschte Familie. Was nicht niet und nagelfest war, nahmen sie mit. Allen voran die unter den Dielen versteckte, mit mehreren Geldsäckchen sowie diversen Kostbarkeiten gefüllte Truhe. Und der Anna? Wie ist es ihr ergangen? Ist sie eine von den Räuberbräuten des Böhmischen Wenzel geworden? Leider hat darüber nie jemand etwas verlauten lassen ...

Teich bei Karolinstal

oooooo

Ein unvergessliches Weihnachtsfest

ooooo

Kirche in Nixdorf

Die Geschichte begann am 24. Dezember 1809 in aller Frühe. Vor
einem Häuschen in Nixdorf belud ein alter Mann seinen Schlitten
mit Birkenbesen. Die Arbeit fiel ihm schwer. Nicht nur, dass die
Glieder schmerzten, auch der Wind machte ihm an diesem Morgen zu

Nixdorf – Mikulášovice, Tschechien

66

schaffen. Kräftig blies er von Norden eisige Luft in den Ort und zwickte empfindlich auf der Haut. Nach dieser Arbeit war der Mann völlig durchfroren, seine Finger steif. Am liebsten wäre er zurückgegangen an den warmen Ofen. Doch es half nichts. Bis gestern Nacht saß er mit der Frau beim Besenbinden. Noch vor Weihnachten wollte er seine Ware auf dem Markt in Schluckenau feilbieten. Wenigstens ein paar Kreuzer für das bevorstehende Fest sollten dadurch zusammenkommen. Also biss der Alte die Zähne zusammen, legte die Leine über die Schulter und zog los. Auf dem Weg nach Schluckenau wollte er seinen Schlitten über Schönau ziehen. Vielleicht würde er ja schon dort einige Besen los.

Zunächst kam der Alte zügig voran. Obwohl nur wenig Schnee lag, rutschten die Kufen gut. Sogar ein bisschen warm war ihm bei der Anstrengung geworden. Jedoch nahm in Schönau an diesem Vormittag kaum einer Notiz von ihm. Jeder war mit seinen Erledigungen beschäftigt. Unverrichteter Dinge zog er weiter. Stetig bergan musste er jetzt den Schlitten ziehen, denn nach Schluckenau führte der Weg über den Botzenberg. Zu seinem Verdruss hatte der starke Wind den Schnee an einigen Stellen weggefegt. Das auf blanker Erde rutschende Eisen machte das Vorwärtskommen zur Tortur. Abgekämpft kam er oben an. Zum Glück schien neben ihm die Botzenbergschänke an diesem Vormittag offen zu sein. Zögernd betrat der alte Mann die Gaststube. An der Tür blieb er stehen, nahm die uralte Soldatenmütze vom Kopf und verbeugte sich tief.

„Sind Birkenbesen gefällig, der Herr? Ich habe welche auf meinem Schlitten mitgebracht."
Unwirsch sah ihn der Wirt an:
„Sieh zu, dass du weiterkommst! Ich brauche deine alten Besen nicht! Ich habe davon selber einen in der Küche – der reicht mir zur Genüge!"
Hängenden Kopfes schlich der Alte von dannen. Was ihm entgangen war: Rechts von ihm in der Ecke saß ein schmucker Jägersmann. Er rauchte ein Pfeifchen und trank Bier. Seinen Pelzmantel hatte er über den Stuhl

Schönau bzw. **Groß Schönau** - Velký Šenov, Tschechien
Botzenberg - Partyzánský vrch, Tschechien

gehangen, die Büchse an die Wand gelehnt. Wie der Alte hinaus war, schimpfte der Wirt, halb zu dem Fremden, halb zu sich gewandt:

„Verdammtes Bettelpack! Mehrmals am Tag kommt es hier vorbei – nicht den kleinsten Finger darf man denen geben!"

Botzenberg von Groß Schönau aus gesehen

Der Jäger hörte schweigend zu. Er zog den Pelz über, nahm seine Büchse, legte ein Geldstück auf den Tisch und ging. Heimlich schaute ihm der Wirt nach. Wer das wohl gewesen sein mochte und wohin der Fremde jetzt wollte? An wen er am wenigsten dachte: Hinter dem Jägerkostüm verbarg sich kein Geringerer als der Böhmische Wenzel. Dieser für seinen Teil wusste allerdings genau, welcher Art Mensch er noch eben gegenübersaß. Er ahnte was passiert, wenn solch einer ihn erkannte. Um dessen Blicken zu entgehen, bog er nach links ab, in den Wald hinein.

Der alte Mann indes war ein Stück weiter die Straße auf Kaiserswalde zu gelaufen. Zwar führte diese jetzt bergab; davon, dass der Schlitten leichter glitt, konnte aber keine Rede sein. Die Schneedecke war einfach zu dünn. Als in Höhe eines Christuskreuzes der Sturm ungezügelt übers Feld raste und den letzten Schnee vom Weg pfiff, war es aus. Die schwere Fuhre blieb auf blankem Dreck stehen. Nicht einen Fußbreit weiter vermochte sie der Alte zu ziehen. Verzweifelt hockte er am Schlitten. Er rieb die steif gefrorenen Hände, sah ringsum und suchte, ob nicht von irgendwo Hilfe käme. Keine Menschenseele war zu sehen. Nicht mal ein Fuchs wagte sich bei der

Christuskreuz zwischen Botzenberg und Kaiserswalde

grimmigen Kälte aus dem Bau. Still rollten Tränen über seine Wangen, er kniete nieder und begann vor dem Kreuz zu beten. Der Mann dachte an daheim, an sein kränkelndes Weib und seinen Sohn Franz. Der Kummer fraß ihn auf. Gerade in diesem Frühjahr erst traf den Jungen, der als Soldat im österreichischen Heer diente, bei Aspern eine französische Kugel. Er seufzte tief: Das erste Weihnachten war er mit seiner Frau allein. Ihr Franz fehlte ihnen so sehr.

Der Alte blieb im Gebet vor dem Kreuz hocken und wäre es nicht geschehen, hätte ihn bald der kalte Tod geholt. Plötzlich, als würde der Herr ihn erhören, spürte er eine Berührung am linken Arm. Hinter

Kaiserswalde – Císařský, OT von Šluknov, Tschechien

ihm stand ein vornehmer Herr im Pelzmantel, mit feinen Stiefeln und einem Gewehr auf dem Rücken. Mühsam kam er hoch und riss, wie vor Obrigkeiten gewohnt, sein Soldatenkäppi vom Kopf.

„Hab keine Angst Vater und setz deine Mütze wieder auf, du holst dir bei dieser Kälte noch den Tod."

Der alte Mann tat, wie ihm geheißen. Auf die Schnelle wusste er nicht, wo er sein Gegenüber einordnen sollte. Mit Blick auf Hut und Flinte vermutete er den herrschaftlichen Jäger vom Schloss Schluckenau oder gar den Grafen selbst. Aufgeregt stammelte er:

„Ich habe die Birken nicht gestohlen."

Er zeigte auf die mit Besen beladene Hutsche.

„Der gnädige Herr Fabrikant in Nixdorf hat mir gestattet, sie aus seinem Wald holen zu dürfen."

„Ist schon gut Vater", der Fremde klopfte ihm auf die Schulter.

„Wohin willst du", fragte er.

Der Alte erzählte ihm alles. Dass er die Besen in Schluckenau noch vor Weihnachten verkaufen wolle, er sich bis hierher geschunden und die Kräfte ihn jetzt verlassen hätten.

„Na dann – auf geht's!"

Ehe der Mann begriff, was geschah, nahm der Unbekannte das Zugseil in beide Hände und bergab ging die Schlittenfahrt, dass die Kufen krachten. Der Alte kam kaum hinterher. In seiner Aufregung entging ihm sogar, wie der Sturm abebbte und es leise zu schneien begann.

Es dauerte nicht lange und sie erreichten Kaiserswalde. Vor einem kleinen Wirtshaus blieb der Fremde stehen.

„Zeit zum Mittag!"

Erschöpft setzte er seinen Jägerhut ab, wischte den Schweiß von der Stirn und bedeutete dem alten Mann, ihm zu folgen. Drinnen legte der Jäger Pelz sowie Flinte ab und nahm am vordersten Tisch Platz. Dem zaghaft an der Tür wartenden Alten rief er zu:

„Komm schon, du bist mein Gast."

Zum Wirt gewandt rief er:

„Bring uns Fleisch, Brot und jedem einen heißen Punsch!"

Unschlüssig, was er von dem seltsamen Paar halten sollte, blieb der Wirt hinter dem Schanktisch stehen.

„Was hältst du Maulaffen feil", herrschte ihn der Unbekannte an.

„Morgen ist Weihnachten, da wirst du wohl was Anständiges im Hause haben!"

Ob des fordernden Tones erschrocken, scheuchte er seine neugierig aus der Küche lugenden Weibsleute zurück und befahl ihnen, das Bestellte herzurichten.

Ortseingang Kaiserswalde

Der alte Mann nestelte derweilen an seinem verschlissenen Soldatenkäppi. Den spendablen Gönner anzusehen, wagte er nicht. Erst als dieser ihn nach der Familie und dem Befinden fragte, erzählte er – erst zögernd, dann offenherziger – wie er lebte und was ihn bedrückte. Auf die Militärmütze angesprochen, wo er gedient habe, antwortete der Alte:

„In Theresienstadt, edler Herr."

„Potz Blitz", der Jäger schlug sich vor Freude auf die Schenkel, „das ist ja auch mein Regiment gewesen ..."

Er erschrak und brach augenblicklich ab. Zu tief und selbstvergessen war er in die Rolle des Edelmannes geschlüpft. Dabei war er es doch bloß. Er, der Wenzel Kummer; ein steckbrieflich gesuchter Räuber, den alle nur unter dem Namen Böhmischer Wenzel kannten. Jeder wusste, dass er einst in der österreichischen Armee diente und aus ihr entflohen war. Allein dafür erwartete ihn eine harte Strafe. Unsicher, ob die Wirtsleute etwas mitbekommen hatten, wurde Wenzel nervös. Nach dem Essen stand er auf und fragte den Wirt, ob er ihm nicht einen warmen Mantel verkaufen könne. Als dieser das Verlangte brachte, bezahlte Wenzel mit sächsischen Talern, steckte drei der Silberstücke unbemerkt in den Mantel und gab ihn dem alten Mann. Dann verschwand er. Als die Tür hinter Wenzel zuklappte, lief der Wirt zum Tisch. Er platzte vor Neugier. Wer denn der reiche Herr gewesen sei, wollte er wissen. Doch der alte Mann wusste es ja selber nicht. Beide rätselten:

„Es war bestimmt der Jäger vom Schloss Schluckenau", vermutete der Alte.

„Nein nein", der Wirt beschaute die Taler.

„Das war ein Kaufmann aus dem Sächsischen, vielleicht einer von drüben aus der Oberlausitz".

Sie diskutierten noch eine Weile – zu einem Schluss kamen sie an diesen Vorweihnachtstag allerdings nicht. Der Alte verabschiedete sich und ging.

Gestärkt und mit einem warmen Mantel versehen, zog er seinen Schlitten auf den Schluckenauer Markt. Und siehe da, auch hier rissen die wundersamen Ereignisse nicht ab. Kaum, dass er stand, kamen die Leute angelaufen. Es schien, als ob ganz Schluckenau an diesem 24. Dezember extra auf seine Besen gewartet hätte. Bereits nach einer Stunde fegte er die letzten Krümel vom Schlitten. Schnell noch kaufte er gute Semmeln

Theresienstadt – Terezín, Tschechien

und zog gen Heimat. Mittlerweile lag eine geschlossene Schneedecke, sodass ihm der Weg zurück über den Botzenberg wie ein Kinderspiel vorkam. Jedoch ohne am Kreuz anzuhalten, wollte der alte Mann seinen Weg nicht fortsetzen. Er fiel auf die Knie und betete voller Dankbarkeit. Denn wer anders als das Christuskind konnte ihn hier und heute mit solcher Güte bedacht haben?

Markt in Schluckenau

Zu Hause in Nixdorf angekommen, erwartete ihn seine Frau sehnsüchtig. Schon von weitem hatte sie gesehen, dass kein einziger Besen mehr auf dem Schlitten lag. War das eine Freude! Sie wurde umso größer, als sie den neuen Mantel ihres Mannes befühlte. Was um Himmels willen war das? Sie griff in die rechte Tasche und siehe da, drei Taler kamen zum Vorschein. Den Zweien blieb der Mund offenstehen. Sie konnten ihr Glück kaum fassen. Obwohl bereits Abend, liefen sie rasch zum Krämer, holten Wein, Kuchen und was sie sonst zum Fest brauchten. Mit Tränen in den Augen hockten sie in der Stube vor ihrer kleinen Krippe und dankten Gott für seine Gaben. Nach allem Unglück, nach all den Strapazen war dieses Weihnachtsfest das Schönste in ihrem Leben.

Und während zwei alte Leute in ihrer warmen Hütte beteten, stapfte fünf Meilen nördlich ein Mann allein durch den Schnee. Er ging auf Neuschirgiswalde zu und wollte den Heiligen Abend daheim mit seiner Liebsten verbringen. Vielleicht kamen ein zwei Kumpane vorbei, er wusste es nicht genau. Morgen würden sie aufwachen und die Geburt Jesu Christi feiern. Ihn machte das nachdenklich. Hatte er dazu ein Recht? War er überhaupt ein redlicher Christ? Er, der vermögende Leute um ihren Besitz brachte? Doch wer im Grunde war christlicher, diese reichen Säcke oder er? Woher kam denn ihr Reichtum? Nährte er sich nicht von der Armut anderer Menschen, ohne sich im Geringsten um deren Schicksal zu scheren? Für einen Augenblick blieb er stehen und schaute zum klargewordenen Sternenhimmel hinauf. Nein, trotz allem war er ein Christenmensch geblieben. Er konnte das Weihnachtsfest ruhigen Gewissens begehen, denn heute hatte er etwas wahrhaft Gutes getan. Heute hatte er die Welt ein bisschen gerechter gemacht.

∞∞∞

Alkohol und Katzenjammer

∞∞∞

Vorbemerkung

Dass auch Soldaten wie normale Arbeitnehmer Urlaub brauchen, steht außer Frage. In allen Armeen der Welt wird diese Angelegenheit durch Vorschriften geregelt. Je nach Dienstzeit, Dienstgrad oder Dienststellung erhalten Militärangehörige die ihnen garantierten - und selbstverständlich bezahlten - Tage, an denen sie nicht zum Dienst erscheinen müssen. In der Bundeswehr regelt dies die Soldatinnen- und Soldatenurlaubsverordnung. Kein Armeeangehöriger soll auf die ihm zustehende schönste Zeit des Jahres verzichten. Dabei ist jeder Soldatin und jedem Soldaten klar, er hat sich in seiner Freizeit an die geltenden Regeln zu halten. Wenn nicht, wird sie oder er, wie jeder andere Bürger, strafrechtlich zur Verantwortung gezogen. Vor dem Gesetz sind alle gleich, auch Uniformträger.

Das war allerdings nicht immer so. In früheren Zeiten hatte der Begriff ‚Urlaub' für Soldaten eine völlig andere Bedeutung. Der mittelhochdeutschen Wortherkunft ‚Urloup = Erlaubnis' nach war es die Genehmigung des Kommandeurs, sich für eine festgelegte Zeit von der Einheit entfernen zu dürfen. Aber nicht etwa, um aus Dankbarkeit für treue Dienste bei vollem Sold ein schönes Leben zu genießen, sondern weil die Einheitschefs im Frieden und außerhalb der Ausbildungszeiten ihre Truppenstärke zwecks Kosteneinsparung auf ein Minimum herabsetzten. Die meist über lange Jahre dienenden Soldaten bzw. Korporale/Unteroffiziere gingen während dieser Wochen und Monate in den sogenannten Beurlaubtenstand. Sie bekamen weder Geld noch Verpflegung und mussten, um zu überleben, einer zivilen Arbeit nachgehen. Dessen ungeachtet blieben sie militärische Untertanen. Ihre Vorgesetzten waren die jeweiligen Offiziere sowie der Landesherr. Strafrechtlich unterstanden sie ausschließlich der Armee. Nicht anders im Kurfürstentum Sachsen des 18. Jahrhunderts. Hier allerdings, und somit auch in der Oberlausitz, gab es eine Besonderheit. Da die beurlaubten Soldaten oft weit von ihren Standorten weilten und manch einer meinte, nun ungestraft über die Stränge schlagen zu können, erließ Kurfürst Friedrich August II. (als August III. König von Polen) am 28. Dezember 1737 ein Edikt. Es regelte, wie örtliche Gerichte mit Soldaten, die sich zu Hause daneben benahmen, umzugehen hatten. Ein nettes Beispiel dazu findet man in sächsischen Akten des Jahres 1740. Daraus entstand die folgende Geschichte.

...

Der 21. Februar anno 1740 war einer der Sonntagabende, an denen es in Lomske hoch herging. Die Jugend der Umgebung kam im direkt an der Straße nach Milkel gelegenen Gasthof zusammen, um sich beim Tanz zu vergnügen. Der angebaute Saal platzte aus allen Nähten. In ihm standen auf einem dürftigen Podest drei Musiker. Der Erste strich die Geige, der Zweite die Bassvioline und der Dritte im Bunde spielte Flöte. Um sie herum ein buntes Gewirr sonntäglich herausgeputzter Burschen und Mädchen. Sie saßen neben den Tischen auf langen Bänken und wer keinen Platz ergattern konnte, lehnte an der Wand. Wie üblich schenkte der Wirt Bier, Wein und Branntwein aus. Entsprechend ausgelassen feierten die jungen Leute. Gerade, als der Tanzboden zum Bersten voll war, spielte das Trio auf zur Polonaise. Die Stimmung schwappte über. Fast alle Burschen standen auf, nahmen die Mädchen bei den Armen oder legten ihre Hände auf die Schultern eines anderen. Ein langer Wurm entstand, vorbei an Tischen und Bänken marschierte er johlend durch den Saal. Jeder, der an diesem Sonntagabend außerhalb des Gasthofes durch den Schnee stapfte, konnte das Gepolter schon von Weitem hören.

Keines der Mädchen blieb auf ihrem Platz. Lediglich einige Männer hatten offenbar wenig Lust am Gaudi teilzunehmen und sahen lieber zu.

Unter ihnen zwei im weißen Uniformrock am hinteren Ende der großen Tafel. Sie hielten ihre Bierkrüge sowie Branntweinbecher fest und schauten verdrießlich drein. Viele im Saal kannten sie von früher. Als blutjunge Knechte arbeiteten sie auf dem hiesigen Rittergut. Irgendwann glaubten sie den Versprechungen der im Dorf aufgetauchten Werber und traten ins kurfürstliche Heer ein. Einer war Georg Witschas, der Andere Johannes Kummeritz. Witschas diente zur Zeit als Musketier in Pirna beim Leibregiment-Infanterie unter dem Obristen von Münchau. Die Garnison

Sächsische Infanterie aus dem 18. Jahrhundert

von Kummeritz lag in Bischofswerda. Dort war er reitender Trabant in der Brigade des Rittmeisters von Gersdorf. Vor ein paar Tagen sahen sie sich zufällig wieder. Da die Vorgesetzten beide beurlaubt hatten, beschlossen sie, gemeinsam ein bisschen herumzutrödeln und heute beim Tanzvergnügen zu erscheinen. Vielleicht, so meinte Witschas zum Kummeritz, finden wir ja zwei Weiber, mit denen wir Spaß haben können. Kummeritz fand die Idee gut und nahm seine alte Schalmei aus der Truhe.

„Damit werden wir im Saal mal richtig Stimmung machen", sagte er und steckte sie in den Rock.

Von Stimmung jedoch konnte bei ihnen bisher kaum die Rede sein. Trotz, dass sie ihre weißen Uniformen extra aufgebürstet, die Stiefel auf Hochglanz gewienert und die Seitengewehre umgeschnallt hatten, biss kein Mädel an. Diese machten lieber mit den Bauernsöhnen und

Knechten rum. Sächsische Soldaten, das wussten sie, verdienten wenig Geld. Außerdem wollten sie nur das Eine. Sie mussten wieder fort und würden sie alsbald allein zurücklassen. Nach mehreren vergeblichen Versuchen, beim weiblichen Publikum zu landen, blieb Witschas und Kummeritz zum Trost nur der Teufel aus dem Fass. Selbst das Vorhaben, auf dem Musikantenpodest die Schalmei zu blasen, ging in die Hose. Ein zwei Köpfe größerer Knecht zog Kummeritz herunter und der Schankwirt versicherte, ihn achtkantig hinauszuschmeißen, sollte er keine Räson bewahren.

„So eine Frechheit", lallte Kummeritz, „gar nichts zu sagen haben uns die! Wir sind kurfürstliche Soldaten und unterstehen denen nicht. Wir können machen, was wir wollen!"
Inzwischen zeigte die Uhr weit nach Mitternacht. Der Gastwirt hatte die Tür längst abgeschlossen und die beiden Tanzbodenhelden standen frierend im Schnee hinter einer Scheune. Kummeritz kramte seine Schalmei hervor.
„Wenn ich vorhin nicht durfte, dann mache ich eben jetzt Musik. Komm Kamerad, wir tanzen!"
So gut es sein Pegel gestattete, blies er in das Mundstück. Heraus kam mehr Krach als Melodie, aber das machte den Beiden nichts. Ungelenk hopsten sie herum, bis die ersten Hofhunde anschlugen und von weitem eine kräftige Männerstimme drohte, gleich mit Mistforke und Sense anrücken zu wollen, um dem Radau ein Ende zu bereiten. Kummeritz unterbrach das Spiel.
„Halts Maul", brüllte er zurück.
Witschas erschrak, rutschte aus und landete unsanft auf dem Allerwertesten. Ächzend kam er wieder hoch und hielt sich schwankend an seinem Kumpan fest.
„Ich habe eine bessere Idee", blubberte er Kummeritz ins Ohr.
Dass die Mädels von ihnen nichts wissen wollten, lag seiner Meinung nach daran, dass sie sonst Ärger mit den Kerlen im Dorf bekämen. In Wahrheit stünden sie auf schmucke Soldaten und sehnten sich nach ihnen. Vorhin beim Tanz vermeinte er sogar, eine hätte ihm heimlich zugezwinkert.

„Kamerad, ich sage dir, die Weiber warten in dieser Nacht auf uns, lass uns zu ihnen gehen", forderte er Kummeritz auf.

Sturzbesoffen, objektiver Urteile unfähig und triebgesteuert, stolperten sie in Richtung Rittergut. Sie kannten den Weg und wussten, dass dort die Mägde abgetrennt in einem Verschlag des Viehstalles wohnten. Als sie ankamen, schoben sie vorsichtig den Türriegel auf und schlichen an die mit Stroh gefüllten Bettstellen. Sämtliche Mädchen schliefen fest. Da die Tiere den Stall auf natürliche Weise aufwärmten, lagen sie da, bekleidet nur mit ihren Unterröcken, darüber eine Wolldecke. Nicht weit vom Eingang schielte Witschas in die erste untere Schlafbox. Was er sah, erhärtete im Nu seine Lust. Vor ihm schlummerte die pure Verführung. Ein Engelsgesicht von 16, 17 Jahren ruhte arglos in Morpheus Armen. Leicht war der rechte Träger ihres Unterkleides herabgewandert und gab den Blick frei auf ihre wohlgeformte rosafarbene Brust. Voller Begier schnalzte er mit der Zunge und zog Stück für Stück die Wolldecke weg. Erst kamen ihre unter weißem Stoff verborgenen Hüften zum Vorschein, dann die nackten Beine. Der in Liebesdingen ausgehungerte Soldat verlor fast den Verstand.

„Huhu mein Zicklein, da bin ich", säuselte Witschas der Schönen ins Ohr.

Statt aber, wie er hoffte, ihn nun sanfte Arme ins Bett zögen und zärtliche Küsse seinen Körper verwöhnten, brachte extrem hohes Kreischen seine Trommelfelle beinahe zum Platzen. Kaum, dass er das Geschehene begriff, sah er im Halbdunkel, dass es Kummeritz nicht besser ging. Der jedoch hatte im Gegensatz zu ihm ein etwas reiferes und kräftigeres Mädchen erwischt. Binnen Sekunden erkannte diese was Sache war, stieß ihren Möchtegerncasanova von sich und sprang, gefolgt von den anderen 4 Mägden, aus dem Bett. Jede riss auf Weisung der Älteren ein Werkzeug von der Stallwand, sodass die sexhungrigen Eindringlinge unversehens einer mit Dreschflegeln sowie Mistgabeln bewaffneten Amazonenbrigade gegenüberstanden. Ohne Vorwarnung ging diese zum Angriff über. Als geübte Soldaten wären sie der Lage sicher Herr geworden, aber promillebedingt schafften sie es jetzt nicht mal schnell genug zum Ausgang. Das hatten sie nun davon: Witschas bekam noch einen Holzprügel ins Kreuz und Kummeritz die Mistgabel hinten rein gerammt. Paradoxerweise konnten die Zwei im Moment von Glück reden, im Rausch zu sein. In ihrer verzerrten Wahrnehmung begriffen sie nicht, was sie eben angestellt hatten. Zudem verdrängte der Alkohol weitgehend den Schmerz und so beschlossen sie, rüber nach Luppa zu laufen.

„Dort kenne ich eine, die lässt uns bestimmt rein", versuchte Kummeritz dem Witschas weiszumachen.

Kurz vor vier Uhr morgens kamen sie grölend in Luppa an. An der Stelle jedoch, wo in Kummeritz' Erinnerung stand, wer sie jetzt in welches Haus reinlassen würde, klaffte plötzlich eine Lücke.

„Christiane hieß sie, glaube ich. Doch welches Haus? ... Oder war das gar in Radibor?"

Egal, meinten beide, wir werden das Weib schon finden und begannen an jede Haustür zu donnern.

„Christiane mach auf, lass uns rein, lass uns rein", brüllten sie immer wieder.

Kein Wunder, dass sie bei diesem Krach den Ort nach und nach aus dem Schlaf rissen. Zögernd öffnete sich ein Fenster nach dem anderen. Schlaftrunken schauten die Bewohner heraus und wollten wissen, was los sei. Ob Feuer ausgebrochen wäre, fragten einige. Nachdem durchsickerte, dass zwei Soldaten im Zickzack von Haus zu Haus liefen, war die Verunsicherung groß. Suchten die nach Deserteuren oder war vielleicht ein Gefangener entlaufen?

„Nö, die beiden krakeelen nur herum. Die sind voll wie zehn russische Kosaken", beruhigte ein Knecht die Leute.

Er und ein paar andere arbeiteten zu dieser frühen Stunde schon im Gutsstall. Schnell rief er zwei von ihnen zur Verstärkung. Mit hochgekrempelten Ärmeln und Knüppeln in den Händen schritten sie langsam auf Witschas und Kummeritz zu. Zu gefährlich, schoss es denen durch den Kopf. Sie dachten an den schmerzenden Rücken und das angepikste Hinterteil, gaben Fersengeld und entflohen über die schneebedeckten Felder. In einem nahegelegenen Busch setzten sie sich erschöpft auf einen umgebrochenen Baum. Doch es war kalt und da der austrocknende Körper langsam einer Auffüllung bedurfte, beschlossen sie zurück an den Ort ihrer nächtlichen Eskapade zu laufen.

Lautstark kündigten sie den Bewohnern des Rittergutes ihre Rückkunft an. Kummeritz trötete auf der Schalmei, während Witschas ihn stimmlich mehr schlecht als recht begleitete. Die Hände in die Hüften gestützt, sah die Frau des Gutsverwalters den Ärger bereits von weitem nahen. Mittlerweile war es sieben Uhr geworden. Die Knechte und Mägde liefen geschäftig umher, denn sie mussten das Vieh versorgen und melken sowie das Frühstück für das Hofpersonal herrichten. Insbesondere die Mägde zeigten sich aufgewühlt. Der Schreck vergangene Nacht war ihnen kräftig in die Glieder gefahren. Umso größer wurde er, als die Lehmann - sie war die Frau des Verwalters - den Mädchen klar machte, was passiert wäre, hätten sie einen landesherrlichen Soldaten ernsthaft verletzt oder gar erschlagen. Im letzteren Fall wäre ihnen der Strick sicher gewesen. Mit denen dürfen wir uns ausschließlich offiziell über das herrschaftliche Gericht in Milkel anlegen, meinte sie. Gerade darum spürte sie beim erneuten Erscheinen der Trunkenbolde Unbehagen. Ihr Mann war gestern nach Bautzen gefahren, deshalb hatte sie im Moment das Sagen und musste das Problem irgendwie in den Griff bekommen. Und zwar sofort, denn die beiden erreichten soeben den Hof. Schnell suchten die Mädchen im Stall das Weite.

„He Gutsfrau, bring uns eine Kanne Branntwein", brüllten die Soldaten und pflanzen sich an einen der Tische.
Zwei Knechte stellten sie just heraus und wollten sie reinigen. Witschas kramte in seinen Taschen und drückte der Verwalterin 3 Groschen und 6 Pfennige in die Hand. Weil bis dahin nichts passiert war, brachte sie missmutig zwei Becher. Nach rund einer Stunde kräftigen Zechens verursachten Witschas und Kummeritz jedoch so viel Lärm, dass sie bedeutete, sie hätten genug und bekämen ab jetzt keinen Tropfen mehr. Das geschah auch im Interesse der Mägde. Die Wüstlinge hatten sie längst entdeckt, und stellten ihnen im Stall nach. Unübersehbar bereiteten ihnen der Branntwein sowie die Weiber einen Riesenspaß und so kam es, wie es kommen musste: Die beiden wollten vom vorzeitigen Ausschankschluss nichts wissen.

„Wann wir genug haben, bestimmen wir immer noch selber", schrie

Kummeritz die Wirtin an.

„Wir sind kurfürstliche Soldaten und sie haben zu bringen, was wir verlangen!"

Die Lehmann blieb hart. Das brachte ihre ungebetenen Gäste komplett in Rage. Voller Wut schlug Kummeritz die Stalllaterne herunter. Witschas nahm eine neue Kanne vom Tisch, warf sie zu Boden und trampelte darauf herum. Dann machten sich beide daran, die Tischplatten abzuheben und sämtliche Bänke umzukippen.

„Jesses, die schlagen uns den ganzen Hof kaputt!"

In ihrer Verzweiflung rief die Verwaltersfrau nach ihrem Sohn. Adam Lehmann kam sofort. Der 20-jährige sah die Bescherung und beim Versuch dazwischenzugehen, stießen ihn die wesentlich kräftigeren Soldaten einfach zu Boden. Dennoch blieb er dran und drohte, wenn sie den Unfug nicht ließen, er zum Gericht nach Schloss Milkel laufen und Verstärkung holen würde. Diese Worte jedoch schreckten die Randalierer keineswegs. Im Gegenteil, Witschas brüllte:

„Halts Maul, sonst schlagen wir dich krumm und lahm, dass die Hunde deine Stücke zum Hof hinaustragen können!"

Außerdem, so versicherten sie, scherten sie die Gerichte wenig. Sie hätten ihnen nichts zu sagen. Und wenn der Herr von Ponickau höchstpersönlich hier wäre, sie würden auf die Herrschaft scheißen. Sie könne sie vieltausendmal am Arsch lecken. Das war zuviel! Adam Lehmann sah, dass bei den beiden jedes Wort zwecklos war. Er nahm seine Beine unter den Arm und lief nach Milkel.

Im Schloss schilderte Adam Lehmann dem dortigen Verwalter Marin Pohlenz die Vorkommnisse auf Gut Lomske. Zwei vom Dienst freigestellte kursächsische Soldaten wären gerade dabei, den herrschaftlichen Besitz kurz und klein zu schlagen. Als das dem Herrn von Ponickau zu Ohren kam, ordnete er an, sobald der Verwalter Lehmann von Bautzen zurückkäme, solle dieser die fraglichen Militärpersonen arretieren. Berufen könne man sich auf das königliche Edikt vom 28. Dezember 1737. In ihm war festgelegt, wie örtliche Gerichte mit beurlaubten Soldaten umzugehen haben, die Exzesse veranstalten.

„Nehmt die Lomsker Gerichtspersonen; wenn die nicht reichen, trommelt die Männer der Gemeinde zusammen und bringt die zwei Galgenvögel morgen hierher aufs Schloss", befahl er.

Adam Lehmann bekam diesbezüglich eine schriftliche Order in die Hand gedrückt, dann machte er sich auf den Rückweg. Zu Hause angekommen, staunte er, denn auf dem Hof herrschte Stille. Die Bediensteten schlichen flüsternd umher, bzw. hantierten möglichst geräuschlos im Stall.

„Psst", empfing ihn die Mutter.

„Adam, du wirst es nicht glauben, die zwei Schreihälse haben sich in die Betten der Mägde gelegt und schlafen ihren Rausch aus."

Schloss Milkel um 1850

Zum Glück kam Paul Lehmann, der Verwalter des Gutes, am Nachmittag aus Bautzen zurück. Er las den Befehl des Herrn von Ponickau und handelte prompt. Zunächst prüfte er, ob die Soldaten noch fest schliefen und wies das Personal an, den Stall zu verriegeln und nicht mehr zu betreten. Anschließend schickte er seinen Sohn zu Georg Noack und Andreas Sarodnick, den zwei für Lomske bestimmten Gerichtsschöffen.

Er lief in die Schänke, den Wirt zu holen. Wie Georg Mikusch die Order las und hörte, was passiert war, schlug er die Hände über dem Kopf zusammen.

„Ach herrje, die beiden Herumtreiber wieder! Erst gestern Abend beim Tanz habe ich die fast rausschmeißen müssen."

Ohne zu zögern nahm er die Flinte aus dem Schrank und kam mit. Dazu war er verpflichtet, denn mit der Schankgerechtigkeit (heute Schankkonzession) verband sich das Amt des Schultheißen, das heißt, er war der Richter im Dorf. Sein Wirtshaus (in der Oberlausitz oft Kretscham genannt) diente als Gerichtsstätte, in dem auch die Arrestzelle lag. Die Soldaten in Selbige zu bringen, war jetzt die Aufgabe der Männer.

„Zu fünft müssten wir das schaffen", meinte der Wirt Georg Mikusch, zumal er sah, dass Georg Noack sein Gewehr ebenfalls dabei hatte. Vorsichtig traten sie an die Betten. Da schnarchten sie nun, die zwei Helden der Nacht: in den unteren Kojen, mit voller Montur, sogar die Seitengewehre waren noch angeschnallt. Die Fünf steckten kurz die Köpfe zusammen, dann kommandierte der Wirt:

„Auf mein Zeichen – und los!"

Mit einen Ruck zerrten sie die Soldaten aus den Betten. Noack und Sarodnick nahmen blitzschnell die Bajonette ab, und bevor die beiden realisierten, was geschah, waren ihre Hände rücklings mit Stricken fixiert. Erst während des Ganges zum Wirtshaus, mit Gewehren im Rücken, dämmerte ihnen ihr Schicksal. Sie befanden sich jetzt in der Gewalt des Lomsker bzw. Milkeler Gerichtes. Noch halbbesoffen ließen sie trotzdem nicht ab, herumzupöbeln.

„Der Teufel soll euch holen, wir sind sächsische Soldaten, ihr könnt uns gar nichts", blökte Witschas.

Und Kummeritz:

„Das bleibt nicht ungerächt, verlasst euch drauf! Euer Herr soll sich ja vorsehen, über den lachen wir nur."

Beeindruckt hat das freilich keinen. Über Nacht sperrte sie der Wirt in die Zelle, und damit sie nicht abhauten, bekam jeder von ihnen zusätzlich eine Kette ans Bein.

Dienstagmorgen, den 23. Februar, ließ Gutsverwalter Paul Lehmann den Schlitten anspannen. Am Wirtshaus luden sie die Soldaten auf und und ab ging die Fahrt nach Milkel. Die zwei ‚Helden' sprachen während der Zeit kein Wort. Widerstandslos ließen sie alles geschehen. Sie blickten sich an und brachten kaum zusammen, was sie am gestrigen Tag und die Nacht davor gemacht hatten. Dass sie beim Tanz waren, wussten sie - aber dann? Wie aus dem Nebel erschienen bruchstückhaft Bilder vor ihren Augen. Irgendwie liefen sie durch den Wald, Kummeritz spielte auf der Schalmei, dann klopften sie an Türen und wollten zu Mädchen ins Bett kriechen. Auch dass sie Tische und Bänke umschmissen, war ihnen erinnerlich. In welcher Weise das Ganze zusammenhing und warum sie das taten, da fehlte den beiden, wie man heute so schön sagt, ein Stück vom Film. Dem Alkohol folgte der Katzenjammer. Richtig bewusst ist ihnen ihre Situation geworden, als sie auf Schloss Milkel ankamen. Der dortige Verwalter ließ sie gleich wieder in eine Zelle sperren und nahm ihnen die Urlaubsscheine ab.

„Damit wir wissen, woher sie kommen. Außerdem müssen wir sichergehen, dass sie nicht etwa desertiert sind und mit welchen Garnisonen wir uns in Verbindung zu setzen haben.", belehrte sie der Milkeler Richter Michael Muder.

Zögernd gaben Witschas und Kummeritz die Dokumente heraus. Sie wussten, dass sie keinem städtischen oder landständigen Gericht unterstanden. Von denen durften sie weder Anweisungen ausführen noch Auskünfte erteilen. Andererseits kannten sie das königliche Edikt vom 28. Dezember 1737. Sie wussten sehr wohl, dass diese Gerichte sie arretieren konnten, wenn sie über die Stränge schlugen. Dass sie genau das getan hatten, mussten sie zu ihrem Leidwesen am nächsten Tag in aller Deutlichkeit erfahren.

In der Gerichtsstube saßen Witschas und Kummeritz den Schöffen Johann Pohl und Johann Jannack gegenüber, dazwischen der Milkeler Richter Michael Muder. Er las ihnen die Aussagen aller gehörten Zeugen vor: die der Lomsker Verwalterfamilie Lehmann, der Lomsker Gerichtsmänner sowie der Knechte und Mägde des dortigen Gutes. Was die Soldaten zu hören bekamen, trieb ihnen Röte ins Gesicht. Erst wären sie lärmend durch die Nacht gezogen, dann hätten sie

Mädchen belästigt, danach Mobiliar auseinandergenommen, Kannen zertreten und eine Laterne heruntergerissen. Schwerer noch wog der Vorwurf, sie hätten das Lomsker Gericht und den edlen Herrn von Ponickau herabgewürdigt: Am Arsch könne er sie lecken, dem Teufel oder seiner Großmutter schreiben - es würde sie nicht interessieren, er hätte ihnen nichts zu sagen. Ungeachtet dessen, dass sie beschämt fast in Grund und Boden versanken, läuteten die Alarmglocken. Kämen diese Aussagen ihren Vorgesetzten zu Ohren, dann Gnade ihnen Gott. Die Militärstrafen waren hart. Sie sahen sich schon auf dem Holzbock reiten oder Spießruten laufen. In ihrem Kopf hämmerte es, sie überlegten hin und her. Angesichts solcher Aussichten, gaben sie schließlich ihre Ausschreitungen auf dem Gut zu und erklärten, den entstandenen Schaden bezahlen zu wollen. Die beleidigenden Äußerungen hingegen bestritten sie. Dies jedoch war ohne Wert, denn sämtliche Zeugen hatten ihre Schilderungen mit der Gottesformel beeidet, nur das zählte. In die Ecke getrieben, sahen Witschas und Kummeritz nur einen Ausweg. Sie brachten nochmals vor, sächsische Soldaten zu sein, die das Gericht angeblich nicht über 24 Stunden festhalten könne.

„Wir haben unsere Aussagen getätigt und gehen jetzt", erklärte Kummeritz, so forsch er konnte.

Diese Rechnung hatte er allerdings ohne den ‚Wirt' gemacht. Nur zu gut wussten die Gerichtsherren, wie oft Rekruten aus Angst vor Strafe desertierten. Wenn die Gefangenen Tempo vorlegten, wären sie innerhalb weniger Tage im Brandenburgischen und damit außerhalb Sachsens. Also legten sie die Soldaten, wie bereits in Lomske geschehen, erneut in Ketten.

Für Witschas und Kummeritz brachen Tage bangen Wartens an. Das Milkeler Gericht schrieb alle beeideten Zeugenaussagen ab und schickte sie nebst Begleitbriefen an die Vorgesetzten. Den Musketier Georg Witschas betreffend, ging die Post, persönlich unterzeichnet vom Herrn von Ponikau, an den Hauptmann Grafen von Stubenberg in Pirna. Über die Verfehlung des Soldaten Johannes Kummeritz informierte das Gericht den Herrn Major von Gersdorf in Bischofswerda. In beiden Fällen bat der Gutsherr von Ponickau um eine angemessene Bestrafung der Delinquenten. Witschas und Kummeritz konnten dabei von Glück reden, denn von Ponickau verzichtete auf eine Meldung an das Generalhauptquartier in Dresden. Die oberlausitzer Adeligen kannten untereinander. Sie waren mannigfach verwandt sowie verschwägert und bestand keine Notwendigkeit, umging man es, sich gegenseitig faule Eier ins Nest zu legen. Großes Aufsehen wurde also vermieden, dennoch gab es für die inzwischen ganz klein mit Hut dahockenden Missetäter ein empfindliches Nachspiel. Fast zeitgleich traf am Montag den 7. März 1740 jeweils ein Korporal der zuständigen Garnison in Milkel ein. Während der eine Korporal Kummeritz ohne Tamtam auflud und abfuhr, traf es Witschas härter. Zum allgemeinen Ergötzen des männlichen und weiblichen Gutspersonals zog ihm sein Unteroffizier vor versammelter Mannschaft mit dem Stock erst mal eins drüber.

„Du dummer versoffener Hund", herrschte er ihn an, „wegen dir musste ich extra von Pirna hierherkarren"!

Und als wäre das nicht genug, gab er Witschas, nachdem er ihn verladen hatte, noch zu verstehen, dass er sich ihn daheim ordentlich zur Brust nehmen werde.

„Wie ein Hase wirst du über den Hof springen, bis dir das Wasser im Arsch kocht", schrie er und lachte hämisch.

Ob das so gekommen ist, weiß niemand. Tatsache jedoch ist, dass Kummeritz 14 Tage in den Ketten- und Witschas eine Woche in den Lattenarrest musste. Für beide fürwahr keine schöne Angelegenheit, die sie, so lange sie lebten, gewiss nicht vergessen haben.

Eine schaurige Nacht auf der Lausche

∞∞∞∞

Mit 762,6 Metern ist die Lausche der höchste Berg in der Oberlausitz. Tschechisch Luž und Obersorbisch Łysa genannt, ragt er nördlich von Waltersdorf in die Höhe. Der Südhang fällt ab zum tschechischen Myslivny. Doch egal von welcher Seite: Jährlich sind es rund 10.000 Besucher aus aller Herren Länder, die den Berg besteigen. Sie scheuen weder Schweiß noch Mühe, um bei gutem Wetter herrliche Aussichten zu genießen. Der atemberaubende Blick vom Gipfel geht weit hinein in Lausitzer Gefilde, in die Sächsisch-Böhmische Schweiz, ins Iser-, Riesen- und Jeschkengebirge. Nordseitige Pisten sowie rundum gespurte Loipen, bieten während der kalten Jahreszeit zudem beste Wintersportmöglichkeiten. Auch für das leibliche Wohl in unmittelbarer Nähe ist gesorgt. Auf deutschem Gebiet bewirtet das Familienhotel Hubertusbaude seine Gäste und auf tschechischer Seite die Lužická Bouda sowie das Chata Luž. Auf der Kuppe allerdings sucht man vergebens Einkehrmöglichkeiten. Die 1892 erbaute Lauschebaude mit einem deutschen und einem tschechischen Teil brannte am 8. Januar 1946 vollkommen ab. Schade, dass wir sie nicht mehr besuchen können, denn hier erlebten vor über 170 Jahren zwei Wanderer die womöglich „schaurigste" Nacht ihres Lebens.

Zu verdanken hatten sie ihr Erlebnis dem Waltersdorfer Krämer und Schumacher Karl Friedrich Mathes. Dieser verschrieb sich Anfang des 19. Jahrhunderts ganz dem Berg und wollte ihn touristisch erschließen. Führte vorher nur ein steiler, schwer zu begehender Pfad über den

Myslivny – deutsch = Jägerdörfel

Osthang nach oben, ließ Mathes einen bequemeren, serpentinenartigen Wanderweg anlegen. Er schuf auf dem Gipfel einen Rastplatz und baute daselbst ein einfaches Holzhäuschen. 1824 erhielt er dafür eine Schankkonzession. Sein Konzept ging auf. Mehr und mehr Besucher zog es die Lausche hinauf. Der Gewinn machte es möglich, dass er sein Gasthaus weiter ausbauen konnte. Eine Kegelbahn, ein hölzerner Aussichtsturm sowie ein freier Platz, auf dem zuweilen böhmische Harfnerinnen, Drehorgelspieler und Geiger zum Tanz aufforderten, kamen dazu. Große kulinarische Genüsse durfte der Gast seinerzeit freilich nicht erwarten.

Lausche Anfang des 19. Jahrhunderts

Die Transportwege waren strapaziös und so gab es lediglich Butterbrot, Käse, Schinken und Eier zu essen. An Getränken servierte Mathes österreichischen Rot- nebst mehreren Sorten Branntwein. Auch Übernachtungen für Besucher, die den imposanten Sonnenaufgang erleben wollten, bot Mathes an. Jedoch mussten sich Schlafgäste mit einem Bretterverschlag über der Gaststube bzw. unten aufgeschüttetem Stroh zufriedengeben.

Die positiv anzusehende touristische Erschließung der Lausche hatte allerdings eine Kehrseite, die besonders Einheimische von einem Aufstieg abhielt. Grund war der Gastwirt selbst. Seit Jahren lebte Karl Friedrich Mathes allein in der Hütte. Außer den Gästen umgaben ihn lediglich ein bis zwei Mägde aus dem Böhmischen, die er saisonal beschäftigte. Offenbar konnte weder er mit ihnen noch sie mit ihm etwas menschelndes anfangen, denn er sah zum Fürchten aus. Insbesondere Besucher, die übernachteten, weil sie die aufgehende Sonne beobachten wollten, waren angesichts seines böse wirkenden Äußeren froh, frühmorgens unbeschadet aus dem „Bett" gekommen zu sein. Ein ausgestochenes Auge, das Gesicht mit Pockennarben übersät, struppige Haare, ungezügelter Bartwuchs und eine vom Alkoholkonsum blaurot schimmernde Nase, machten ihn zum echten Schreckgespenst. Außerdem drangen Gerüchte bis nach Zittau, oben auf der Lausche ginge es nicht mit rechten Dingen zu. Pascher sowie Diebs- und Mordgesindel hätten dort Unterschlupf gefunden und würden vor allem nach Sonnenuntergang ihr Unwesen treiben. Beschwert hatte sich bisher jedoch keiner. Auch die Waltersdorfer, Oybiner und Jonsdorfer Geschäftsleute, mit denen Mathes in Kontakt stand, wussten nichts Negatives über ihn zu sagen. Außer, dass man mit ihm besser nicht in Streit geriet, denn er war ausgesprochen jähzornig.

Das bekam an einem schwülheißen Augusttag im Jahre 1846 auch eine Magd zu spüren. Es war spät am Nachmittag und kein Gast ließ sich blicken. Die ganze Woche über ging das so. Sonne, Regenwolken und Gewitter veranstalteten ein Wechselspiel und hielten Wanderer davon ab, die Lausche zu besteigen. Mehrere Tage hintereinander kaum Absatz - das ging ans Eingemachte! Die Laune des Bergwirtes dümpelte weit unten, sein Alkoholpegel dagegen erklomm kritische Höhen. Eben saß er am Tisch, darauf zwei leere Flaschen Wein und ein halb gefülltes Gläschen Branntwein. Mithilfe einer Schiefertafel versuchte er, den entgangenen Umsatz gegen den eigenen Konsum aufzurechnen. Irgendwie gelang ihm das nicht. Unterm Strich kam jedes Mal heraus, dass er während der Woche mehr gesoffen haben musste, als ankommende Baudengäste hätten kaufen können. Zu allem Unglück betrat nichtsahnend eine Magd die Gaststube. Wie sie den Tisch abwischte und aus Versehen das Schnapsglas umkippte, entflammte Mathes Jähzorn. Augenblicklich bemerkte sie die Gefahr und rannte kreischend weg. Doch zu spät! Kaum war sie an der Tür, knallte ihr mit voller Wucht die Schiefertafel an den Kopf.

„Dummes Huhn", murmelte Mathes in seinen Bart.

Im Handumdrehen beruhigte er sich wieder. Seelenruhig hob er die Tafel auf, wischte sie ab und fing an, von Neuem zu rechnen.

Was Mathes nicht ahnte: Trotz des wechselhaften Wetters wagten zur gleichen Zeit zwei Herren den Aufstieg zu seiner Baude. Von Waltersdorf heraufkommend, hatten sie die Hälfte des Weges hinter sich gebracht, angesichts dieser Strapaze bei erstaunlich guter Laune. Wenn man bedenkt, dass sie im damaligen Modestil nicht gerade locker und luftig gekleidet marschierten, verdiente ihre Leistung Respekt. Für den heutigen Wanderer kaum vorstellbar, trugen sie schwarze Lederstiefel, lange Hosen, jeweils einen dunklen zweireihigen Frack, darunter Vorderhemd und Vatermörder. Über ihren Schultern hing ein feines wollenes Tuch, das sogenannte Plaid. Die einzige Erleichterung, die sie sich gönnten: Sie hielten ihre Zylinder in der Hand. Der Dünnere von beiden, ein rund 50 Jahre alter Doktor der Philosophie, ging ein paar Schritte voraus. Er redete seinen Begleiter mit „mein lieber Herr Amtmann" an. Diesen aber, da beleibter, verließen mit zunehmend steilerem Weg die Kräfte. Er schwitzte und blieb alle 20 Meter stehen.

„Schauen sie Doktor, wie herrlich hier die Aussicht ist, einfach wundervoll", rief er jedes Mal, obwohl er vor lauter Bäumen kein Stück vom Land sah.

Dem Doktor schwante, warum sein Wanderfreund ständig hielt, und rief ihm zu:

„Machen sie nicht schlapp, wenn sie alle paar Schritte stehen bleiben, sind wir bis zum Abend nicht in der Baude"!

„Wir werden es schon schaffen! Vorteilhafter allerdings, wir bekämen eine Droschke."

Der Amtmann lachte, denn er war nach wie vor bester Stimmung. Diese trübte sich, als sie an einer lichten Stelle dicke Gewitterwolken erblickten. Der Doktor mahnte zur Eile, worauf sein Begleiter die Augen rollte und mit letzter Kraft hinter ihm her keuchte. Doch vergeblich: Kurz bevor sie den Gipfel erreichten, kam Sturm auf, Blitze zuckten und ein ohrenbetäubendes Krachen ging beiden durch Mark und Bein. Im gleichen Moment platzte Regen herunter, so stark, dass selbst die über den Kopf gehaltenen Plaids nichts ausrichten konnten. Bis auf die Haut durchnässt gelangten die Männer nach wenigen Metern an die Baude.

Lauschebaude Anfang des 19. Jahrhunderts

In der Gaststube nahmen sie die erstbeste Bank in Beschlag, bestellten auf den Schreck eine Flasche Rotwein und gaben ihre Tücher einer Magd. Die quittierte das mit einem spitzzüngigen:

„Ojemine meine Herrn, da waren sie wohl nicht die Schnellsten!"

Kess schaute sie auf den schnappatmenden Amtmann. Endlich froh im Trockenen zu sitzen, überhörten beide die Anspielung. Vielmehr blickten sie herunter und sahen erschrocken, wie die Pfütze unter ihrer Bank von Sekunde zu Sekunde wuchs.

„Es hilft nichts, wir müssen einen Teil unserer Kleider ausziehen", meinte der Doktor.

Glücklicherweise hatte die Wirtschaft trotz des warmen Augusttages angeheizt. Also legten sie, da ansonsten kein Publikum anwesend war, Hose, Rock, Weste, Vorderhemd sowie Vatermörder ab. Sie hängten alles fein säuberlich zum Trocknen auf und wechselten zur Bank neben dem

Ofen.

„Huch", erschrak die Magd, als sie die nur mit Unterwäsche bekleideten Männer erblickte.

Sie stellte den Rotwein auf den Tisch und musterte dabei verstohlen ihre Gegenüber. Wie dem Amtmann schien, huschte ihr beim Anblick seines Bauches ein mitleidiges Lächeln übers Gesicht. Leicht verstimmt spielte er den Ball zurück und fragte:

„So eine abscheuliche Beule am Kopf – wo zum Teufel haben sie die her?"

„Ach nichts weiter", antwortete sie, „mitunter sitzen in der Gaststube eben bösartige Kerle und bewerfen rechtschaffene Menschen mit Gegenständen".

Geschwind verließ sie den Raum und ließ die Beiden mit ihren Gedanken allein.

Nach anstrengendem Aufstieg kamen die Männer langsam zur Ruhe. Der Amtmann schaute in die Runde.

„Das scheint ja eine schöne Spelunke zu sein!"

Dass die Gaststube angesichts ihrer Abgeschiedenheit dürftig eingerichtet war, konnte er gerade noch akzeptieren. Beschädigte Tische und Stühle jedoch, dazu das abgewetzte Sofa sowie ein Sprung im Weinglas, gingen ihm über die Hutschnur.

„Seien sie doch nicht pingelig, mein lieber Amtmann", beschwichtigte ihn der Doktor.

„An ein so abseits gelegenes Wirtshaus sollten wir keine übertriebenen Ansprüche stellen."

Er klopfte seinem Wanderkameraden auf die Schulter und war der Meinung, man könne durchaus zufrieden sein, wenigstens ein Dach über den Kopf gefunden zu haben. Und wenn es nachher ein ordentliches Abendessen und sauberes Stroh für die Nacht gäbe, wäre die Welt doch in Ordnung. Außerdem würde bei schönem Wetter der morgige Sonnenaufgang für alle Strapazen entschädigen. Des Amtmanns Gemütszustand allerdings war unwiederbringlich im Keller. Die Worte des Doktors gingen an ihm vorbei.

„Ich Esel hätte unten in Waltersdorf bleiben und mir die nutzlose

Kletterei sowie den Regen sparen sollen!"

Zum Glück klarte der Himmel auf. Daran konnten sich die Männer aber nicht mehr erfreuen, denn die Sonne verschwand soeben hinterm Horizont. Während sie schweigend vor ihren Rotweingläsern saßen, rückten die Zeiger der Standuhr langsam auf die Sieben. Plötzlich hörten sie von draußen verhaltenes Stimmengewirr. Sie bemerkten, wie Schatten über den halbdunklen Hof huschten. Doktor und Amtmann sahen einander an. Wer konnte das sein? Angeblich waren sie ja die einzigen Gäste hier oben. Ängstlich zuckte der Amtmann zusammen.

„Das wird der Wirt sein", hakte der Doktor schnell ein.

„Wir sollten ihn holen. Es ist Zeit zum Abendessen, ihnen knurrt sicher auch der Magen, mein lieber Amtmann."
Das Ablenkungsmanöver ging jedoch an ihm vorbei.

„Oje oje, da sitzen wir in einer schönen Mausefalle", jammerte er.
Er erinnerte den Doktor, welch schauerliche Geschichten die Leute in Zittau vom Lauschewirt erzählten. Der Mann stecke mit allerlei Gesindel, mit Mordbrennern, Wilddieben und Paschern unter einer Decke. Nahezu ideal sei die abgelegene Baude als Räuberhöhle, meinten sie.

„Und, lieber Doktor", fügte der Amtmann hinzu, „hatte nicht die Magd vorhin erst gemeint, hier oben liefen bösartige Kerle herum?"

„Hm", der Doktor bestrich seinen Bart.
Bevor er antworten konnte, kam besagte Magd herein und stellte eine qualmende Öllampe auf den Tisch. Ob nicht der Wirt hereinkommen könne, fragte der Doktor sie.

„Wird gleich da sein", murmelte die Magd und lief hastig zur Tür hinaus.

Sie hatte nicht gelogen. Nach ein paar Minuten schliefen den Wanderern alle Gesichtszüge ein.

„Guten Abend die Herren!"
Mathes betrat den Raum und stellte einige Flaschen Rotwein in den Wandschrank am Schanktisch.

„Der Guss hat sie ja ordentlich eingeweicht."

„Leider, leider", antwortete der Doktor.

Im Gegensatz zum Amtmann, der entsetzt dahockte, bewahrte er die Contenance. Er wollte nicht zeigen, welch Unbehagen auch er beim Anblick des Wirtes empfand. Mit zottligen Haaren und unrasiertem Gesicht, aus denen lediglich ein Auge herausschaute, sah er im Flackerschein der Öllampe noch grausiger aus als bei Tageslicht. Aufgesetzt unbefangen fragte der Doktor, was sie zum Abendessen bestellen könnten.

„Da wirds nicht viel geben: Brot, Butter, Schinken, Eier - große Vorräte kann ich hier oben nicht anlegen. Aber Wein bekommen sie, so viel sie wollen. Der verdirbt nicht", lachte Mathes.

Nun sei es drum, dachten beide und bestellten für jeden eine Portion.

„Um Himmelswillen, der sieht ja aus wie vom Galgen gefallen," platzte es aus dem Amtmann heraus, nachdem Mathes in der Küche verschwunden war.

„Mit dem dürfen wir auf keinen Fall unter einem Dach schlafen!"

Der Doktor beschwichtigte ihn. Schlimm könne es nicht werden. Immerhin wären die Mägde da und draußen Stimmen zu hören gewesen. Außerdem sei, abgesehen von Gerüchten, bislang niemand auf der Baude zu Schaden gelangt.

„Kommen sie, lieber Amtmann", der Doktor nickte ihm beruhigend zu, „ziehen wir unsere Kleider wieder an. Sie sind trocken geworden".

Trotz aller Angst schmeckte den Gästen das karge Abendessen prima. Immerhin hatten sie einen kräftezehrenden Aufstieg bewältigt. Mathes sah von der Ofenbank aus zu. Nach einer Weile registrierte er befriedigt, dass kein Krümelchen Brot übrig war. Er schlenderte zum Tisch und fragte:

„Bei den Herren eine neue Flasche Rotwein gefällig?"

Er betonte, dass es sich um einen unverfälschten Vöslauer handle, den man hier im Sächsischen zu diesem Preis niemals bekommen würde. Er feixte:

„Sie verstehen?"

Aus den Gesichtern seiner Gäste las Mathes, dass sie es nicht taten. Aber das war egal. Beide bekundeten, für heute genug zu haben. Sie gedachten schlafen zu gehen.

„Sind wir diese Nacht die einzigen Schlafgäste", wollte der Doktor wissen.

Mit Verweis auf das andauernd wechselnde Wetter verneinte Mathes. Dem Amtmann wurde angesichts der Antwort mulmiger. Auch der Doktor konnte eine gewisse Beklommenheit nicht verbergen.

„Und die Stimmen vorhin im Hof?"

„Och", grinste der Wirt schelmisch, „das waren zwei Jägerburschen, die das Gewitter hertrieb. Die sind längst fort".

Rasch räumte er den Tisch ab und entschwand erneut in Richtung Küche.

„Doktor, haben Sie das hinterlistige Lachen gesehen?"

Hektisch riss der Amtmann seine kostbare Kette vom Hals, wickelte sie, inklusive des achatbestückten Siegelringes sowie der Geldbörse, in ein großes Taschentuch, das er in den Stiefelschächten verschwinden ließ. Sein Compagnon schaute ihn verwundert an.

„Leicht will ich es den Kanaillen nicht machen!"

Zweifelnd schüttelte der Doktor den Kopf. Nichtsdestoweniger knöpfte er instinktiv den Überrock zu. Schließlich musste nicht jeder die goldene Uhrkette sehen ...

Eben wollte der Amtmann wissen, wo zum Teufel sie nun ihr notgedrungenes Schlaflager finden könnten, da ertönte aus dem Wald ein schriller Pfiff. Die Küchentür flog auf, Mathes stürzte heraus und kramte unterm Schanktisch eine verbeulte Trompete hervor. Ehe er auf den Hof ging, fragte er, ob die Herren heute noch Besuch erwarteten. Der Amtmann holte Luft, da stieß ihm der Doktor an.

„Ja", log er, „wir sind mit zwei Offizieren der Bautzner Garnison verabredet. Sie müssten jeden Moment eintreffen".

Doch Mathes winkte ab. Er murmelte so etwas wie, ‚das könnt ihr eurer Großmutter erzählen', ging ins Freie und blies ein Signal. Wie von der Tarantel gestochen sprangen Doktor nebst Amtmann auf und drückten ihre Nasen ans Fenster. Entsetzt sahen sie, wie zur Antwort an mehreren Stellen Lichter aufflackerten, wiederum begleitet von kurzen trockenen Pfiffen.

„Wir sind umzingelt! Diese Nacht überleben wir nicht! Meine arme Frau, meine arme Frau ..."

Der Amtmann war nahe am Kollaps. Sogar dem Doktor war das zu viel, er zitterte bis in die Bartspitzen. Eilends folgte er, was die Wertsachen betraf, dem Beispiel seines Leidensgenossen. Dann rannte er zum Schanktisch und nahm zwei Messer aus der Schublade.

„Nehmen Sie Kamerad, damit wir denen nicht wehrlos gegenüberstehen!" Kaum hatten sie die Messer unter ihren Röcken versteckt, kam Mathes wieder herein. Er sah und verstand.

„Aber aber meine Herren", beschwichtigte er, „sie brauchen keine Angst haben. Bei mir sind sie sicher wie in ihren eigenen vier Wänden".

„Und was bitteschön war das eben", fragten beide wie aus einem Munde.

„Das sind Leute aus den umliegenden Dörfern. Sie übernachten hier und wenn im Morgengrauen die Luft rein ist, gehen sie mit ihren Handelswaren rüber ins Böhmische."

Als er in fragende Augen blickte, fügte er hinzu:

„Ich nehme an, mit diesen Menschen verbindet sie nichts, deren Leben ist ihnen unbekannt. Viele sind bettelarme Weber, können kaum Frau und Kinder durchbringen. Sie verdienen auf die Art ein paar Groschen dazu ..."

Ohne länger Worte zu verlieren, holte der Wirt hinterm Ofen eine Leiter hervor, lehnte sie an eine Luke über dem Schanktisch und deutete nach oben.

„Hier geht es zu ihrem Schlafgemach. Direkt über uns stehen in kleinen Verschlägen Betten. Geradeaus auf der rechten Seite finden sie ihr Kämmerchen. Klettern sie am besten gleich hinauf, denn in wenigen Augenblicken wird die Gaststube voll sein."

Der Wirt leuchtete den Gästen von der Luke aus noch ins Nachtlager. Die geflüsterte Bemerkung des Amtmannes, der in Anbetracht des Schlafraumes äußerte, hier in einer nichtswürdigen Behausung gelandet zu sein, überhörte er geflissentlich. Er stellte die Leiter weg und lief erneut auf den Hof.

„Haben sie das bemerkt Doktor? Der Lump hat den Fluchtweg abgeschnitten! Jetzt sitzen wir in der Falle. Dieses Kabuff wird unser Grab."

Wieder war es am Älteren, den Jüngeren zu beruhigen. Die Beteuerungen des Gastwirtes hatten sein Gemüt ein wenig beruhigt. Wenngleich auch ihm unwohl war, im tiefen Schlaf von der Umwelt nichts mitzubekommen. Trotz dessen streckte er seelenruhig alle viere von sich. Auf diese Weise signalisierte er dem Amtmann, keine Furcht haben zu müssen. Der Schlummer in Morpheus Armen musste allerdings warten. Unter den beiden kam im wahrsten Sinne des Wortes Leben in die Bude. Die Tür rumste, dann polterten feste Tritte über die Dielen. Warenballen krachten zu Boden, Gläser klirrten, gleichzeitig füllte ein Gewirr von Männerstimmen den Raum.

„Ich kann kein Wort verstehen, was geht da vor?"
Für einen Augenblick schien der Amtmann seinen Mut wiedergefunden zu haben und kroch über den Doktor hinweg zur Luke.

„Sind sie von allen guten Geistern verlassen? Sie machen ja das Pack auf uns aufmerksam", zischte der Doktor.

„Wollen sie Ärger mit denen?"
Selbstverständlich wollte das der Amtmann nicht. Ängstlich kam er zurück. Allmählich jedoch verstummten die Leute und mehrfaches Schnarchen signalisierte, dass zumindest von unten keine Gefahr mehr drohte. Leise stimmten die todmüden Wanderer mit in den Sägenchor ein.

Lange durften die beiden nicht in ihren Träumen schwelgen. Der Amtmann schnellte in die Höhe.

„Doktor hören sie nichts?"
Schlaftrunken hob dieser den Kopf.

„Halten sie endlich Ruhe, sie grässlicher Quälgeist", wies er den Nachbarn zurecht.

„Nein nein, ich habe es deutlich gehört. Das Diebsgesindel ist nah und belauscht uns. Es raschelt und mir wäre, als ob ich jemanden brummeln hörte."

„Das bilden sie sich ein oder sie haben geträumt."
Der Doktor zog ärgerlich die Decke über den Kopf und wendete sich zur anderen Seite. Bald verkündete leises Schnarchen, dass er auf die ‚Hirngespinste' des Amtmanns keinen Pfifferling gab. Letzterer hingegen bekam kein Auge zu. Angespannt und zitternd horchte er in den Raum.

Und da war es wieder!

„Doktor Doktor", rüttelte er den Schlafenden, „wachen sie auf, wir sind nicht allein."

Dem Weinen nahe meinte er, gleich wäre es soweit und Räuber würden über sie herfallen.

„Unsinn", eben wollte der Doktor sich drehen, da stockte er.

Jetzt vernahm auch er die seinem Dafürhalten eher stöhnenden Geräusche. Wie es schien, kamen sie von mehreren Personen. Im Unterschied zum Nebenmann erschienen sie ihm aber nicht bedrohlich, sondern erinnerten ihn eher an schöne Momente des Lebens. Den Amtmann indes ergriff Panik. Er nahm das Messer unter dem Kopfkissen hervor und fuchtelte damit umher. Um die vermeintlichen Banditen abzuschrecken, schrie er:

„Kommt nur heran, kommt nur heran – ich habe mein Messer herausgeholt. Wenn ihr näherkommt, ramme ich es euch ohne Zögern in den Laib."

Doch so sehr er sich echauffierte, niemand wollte seiner Aufforderung folgen. Dafür kam es ihnen vor, als wenn irgendwer ob dieses Auftritts lachend in ein Taschentuch prustete. Danach trat Ruhe ein und ohne dagegen anzukommen, fielen die Männer in den Schlaf.

Pünktlich zum ersten Hahnenschrei rumorte es erneut in der Gaststube. Gespräche gab es kaum, die geheimnisvollen Besucher packten ihre Sachen und verschwanden. Trotz der wenigen Töne wachte der Doktor auf und rieb den Schlaf aus seinen Augen. Der Amtmann hingegen lag da wie ein Toter. Erst nach kräftigem Rütteln kam er zu sich. Der Wirt stand mit halben Oberkörper in der Luke und rief:

„Guten Morgen die Herren, steigen sie herunter, gleich geht die Sonne auf."

Schlaftrunken torkelte der Amtmann hinter dem Doktor auf den Hof. Was die beiden draußen sahen, entschädigte für alle Ärgernisse. Vom Osten her stieg majestätisch der glühende Sonnenball empor. Er verwandelte den mit Federwolken behangenen Himmel in ein rötlich-blaues Dach und befreite die sanfte Gebirgslandschaft nach und nach vom Mantel der Nacht. Doktor und Amtmann genossen den erhebenden Anblick. Sie fühlten sich erlöst und atmeten tief durch.

„Herr Wirt brühen sie uns einen kräftigen Kaffee auf", rief der Amtmann dem Mathes zu.

„Gott sei Dank Doktor", sagte er, „wir haben es überstanden. Dieses Erlebnis werde ich mein Lebtag nicht vergessen."

Noch nie schmeckte ein Frühstück so gut. Zwar gab es abermals nur Schinken und Eier, dazu frisch gebrühten Kaffee; trotzdem war das Mahl ein Hochgenuss. Das Gefühl, die Henkersmahlzeit einzunehmen, war umgeschlagen in pure Lebenslust. Das erkannte auch Mathes und instruierte die beiden:

„Über die Pascher heute Nacht schweigen sie lieber. Das braucht in Zittau niemand erfahren."

Doktor und Amtmann sahen einander an und nickten eifrig.

„Wäre auch zwecklos", fügte der Wirt hinzu, „bei mir kann kontrollieren, wer will. Finden würde er nichts".

Mathes allerdings wäre nicht Mathes, hätte er nicht gewusst, dass den Herren beim Thema Übernachtung, eine ganz andere Frage unter den Nägeln brannte. Nicht lange, und der Doktor sprach sie aus.

„Sagen sie, waren wir auf dem Boden die einzigen Schlafgäste?"

Mathes grinste in sich hinein.

„In der Kammer, in der sie lagen, ja."

„Wir haben aber deutlich Geräusche gehört, sowas wie Stöhnen oder Winseln", versicherte der Amtmann.

„Tja meine Herren, hätten sie gewollt, wäre durch den löchrigen Lattenverschlag leicht zu erkunden gewesen, wer neben ihnen schlief."

Der Amtmann schlürfte den letzten Schluck Kaffee aus seiner Tasse.

„Darauf sind wir nicht gekommen", meinte er kleinlaut.

Mathes musste aus vollem Hals lachen.

„Das ist mir absolut klar! Gerade sie, Herr Amtmann, sahen ja überall Räuber und hatten die Hosen gestrichen voll. Das kommt davon, wenn man Gerüchten glaubt."

Zur offenen Bodenluke gewandt rief Mathes:

„He, ihr könnt jetzt runterkommen!"

Doktor und Amtmann blieb der Mund offenstehen. Herab stiegen zwei hübsche ‚Waldfeen', die Haare zerzaust - eine Blond, die andere Braun.

„Darf ich vorstellen, meine zwei böhmischen Harfenspielerinnen, von unten aus Lichtenwalde."

Verschmitzt lächelnd huschten sie am Tisch vorbei. Als er die verschämten Gesichter der Männer sah, schlug Mathes sich vor Vergnügen auf die Schenkel.

„Das sind übrigens die Jägerburschen", gluckste er voller Schadenfreude.

„Gestern Abend habe ich sie von ihnen unbemerkt über die Außentreppe in die Schlafräume geschickt. Habe gesagt, dass sie heute Nacht nicht alleine schlafen. Sie waren ganz aufgeregt, aber leider ..."

Wegen ihres furchtsamen Verhaltens blamiert, sahen die Männer verlegen nach unten. Dem Amtmann schoss die Röte ins Gesicht. Um noch einen draufzusetzen, fragte Mathes die Mädchen:

„Ihr ward es also, die die ganze Nacht gestöhnt und gewimmert haben?"

„Ach iwo", feixte die Blonde, „wir mussten uns nur das Lachen verkneifen. Und als der eine sein Messer rausholte, konnten wir nicht mehr und stopften uns die Bettzipfel in den Mund. Hätte er mal lieber was anderes ..."

Buff – die Braune stieß der Blonden den Ellenbogen in die Rippen. Kichernd rannten die Mädchen aus der Stube. Mathes unterdessen ging zum Schanktisch.

„Darauf müssen wir einen trinken", stellte er fest.

„Möchten die Herren einen Branntwein?"

Auf zögerliches Kopfschütteln hin, goss er ein einziges, dafür aber extra großes, Schnapsglas voll und leerte es in einem Zug. Am Ofen die Magd: Sie rollte mit den Augen ...

Niederlichtenwalde – Dolní Světlá, OT von Mařenice, Tschechien

Der Irre von Elstra

00000

Rathaus in Elstra

Es brauchte keinen Vormittag, da war das Ereignis in der Kleinstadt Elstra herum:

„Die Springsklee Johanna ham se in ihrer Stube tot aufgefunden. Furchtbar zugerichtet soll se sein. Wahrscheinlich hat se jemand ermordet."

Abgesehen von typischen Übertreibungen, die jeder Tratschkopf beim Weitererzählen hinzufügte, war es in der Tat hart, was die Herren des Stadtgerichtes an jenem 8. März 1836 sahen. Sie kamen hierher, weil der Hausbesitzer Johann Gottfried Scheibe am Morgen beim Bürgermeister Sembder erschien und anzeigte, dass in seinem Haus, in der Stube der Eheleute Springsklee, die Frau leblos am Boden liegt. Wahrscheinlich wäre sie in der vergangenen Nacht ermordet worden, meinte er. Diesen Eindruck hatten auch die drei Gerichtsherren, als sie nebst dem Stadtoberhaupt den Raum betraten. Entsetzt starrten sie auf die Leiche. Einer der Männer rannte sofort hinaus und musste sich übergeben. Mitten in der Stube lag die 53-jährige Ehefrau des Kürschnermeisters Carl Gottfried Springsklee, Johanna Eleonore. Bis auf die Strümpfe hatte sie nichts an, nur sporadisch bedeckten Tücher ihren Körper. Sie erschien besonders ekelhaft, weil ihr Nase sowie Oberlippe fehlten. Kaum etwas erinnerte an ihr früheres Antlitz. Es glich eher dem von Untoten, die in den Phantasien einiger Leute nachts vom Friedhof herüber durch die Gassen schleichen. Außerdem klaffte am linken Oberarm eine enorme Fleischwunde. Einschnitte und ein durchlaufender Bluterguss am Hals ließen auf eine Strangulation schließen.

Bedeppert, wie ein Schuljunge beim Klauen erwischt, stand der Ehemann neben der Toten.

„Du hast sie erwürgt!"

Vorwurfsvoll sah ihn sein Stiefbruder an. Zufällig war er einer der anwesenden Gerichtsherren. Zwar verband die beiden keine glückliche Beziehung, doch kannte er den Carl und wusste, wozu er fähig war.

„Ne ne ne", wehrte dieser mit den Händen ab, „das war ich nicht"! Vorgestern hätte seine Frau Buttermilch getrunken und daraufhin mächtige Bauchschmerzen bekommen. Bei ihr wäre die Ruhr ausgebrochen und sie daran mit einem Schlag gestorben.

„Eben wollte ich die Leichenfrau holen, um mein liebes Eheweib von ihr fürs Begräbnis vorbereiten zu lassen", beteuerte er mit aufgesetzt trauriger Miene.

„Nun hör aber auf Springsklee", donnerte Bürgermeister Sembder.

„Du glaubst wohl, wir sind frisch aus der Wiege gefallen? Schau dir den Leichnam an, wie er zugerichtet ist. Und da am Hals – deine Frau ist erdrosselt worden, das sieht ja ein Blinder ohne Brille."

Trotz der offensichtlichen Sachlage hatte das Stadtgericht den Fall gründlich zu untersuchen. Einerseits, um die Todesursache genau zu bestimmen, andererseits, dem Mörder die Tat juristisch nachzuweisen. Danach war ein Urteil nach Recht und Gesetz vorzuschlagen. Aussprechen musste es das übergeordnete Gericht, in diesem Fall das Königlich-Sächsische Appellationsgericht in Bautzen. Da, bevor der Verwesungsprozess einsetzte, schleunigst zu handeln war, schickte man sofort einen Boten zum Stadtphysikus Dr. von Röder nach Kamenz, damit er die Leichenschau übernehme. Gleichzeitig ordnete das Stadtgericht die Bewachung der Leiche an. Anschließend nahmen zwei Gerichtsherren Carl Gottfried Springsklee in die Zange und brachten ihn zu Arrest. Alles Jammern und Flehen, alle Unschuldsbeteuerungen waren umsonst. Sowohl für die Anwesenden, als den Elstraer Gerüchtekessel stand fest: Er ist der Mörder.

Die Meinung der Leute kam nicht von Ungefähr. Für sie war Carl Gottfried kein unbeschriebenes Blatt. Wie er sich gebärdete und mit seiner Frau umsprang, war zur Genüge bekannt, denn mit Ausnahme eines halben Jahres, hatte er das bisherige Leben in Elstra verbracht. Am 21. November 1789 kam er als Sohn des Kürschnermeisters Johann Gottlob Springsklee hier zur Welt. Und wie man es heute auszudrücken pflegt: Er erlebte eine schwere Kindheit. Oft züchtigte ihn der Vater, gute Erziehung oder geistige Bildung gingen weit an Carl vorbei. Wie bei vielen seiner Leidensgenossen erfüllte die schlagende Hand nur so lange ihren Zweck, bis sie das Zeitliche segnete. Danach konnte von Nachhaltigkeit keine Rede mehr sein. Das war bei Carl Gottfried nicht anders. Der Vater starb, nachdem er mit 17 Jahren bei ihm dessen Handwerk erlernt hatte. Die Mutter zog zu einem neuen Mann und er übernahm das elterliche Haus. Auf diese Weise war er, als mit einem kleinen Kapital ausgestatteter Kürschner, von außen gesehen eine gute Partie.

Das meinte auch die Mutter einer gewissen Johanna Eleonore Franke, einem etwas korpulenteren Mädchen, das mit ihren 27 Jahren eigentlich keines mehr war und endlich vor den Traualtar musste. Und wo die Liebe nicht hinfällt, da muss man ihr eben ein Bein stellen, dachte sie. Dies zu bewerkstelligen, arrangierte sie ein Treffen mit dem 6 Jahre jüngeren Kürschnergesellen Carl, dessen Familie sie aus langer Zeit gemeinsamer Nachbarschaft kannte. Zwar passte der Auserwählte nie und nimmer zu ihrer Johanna, auch sonst schien die beiden keine Leidenschaft zu verbinden. Aber was machte das schon, kommt Zeit, kommt auch die Liebe.

„Dir bleibt nichts anderes übrig", redete die Mutter der Tochter ein, „die Leute tuscheln über dich - du musst endlich unter die Haube".

Halbherzig willigte Johanna ein, heiratete im Jahre 1810 Carl Springsklee und zog zu ihm ins Haus. Doch bereits in der Hochzeitsnacht merkte sie, dass dem Angetrauten nach ihren fraulichen Reizen nicht der Sinn stand. Dafür zeigte er umso mehr Interesse an ihren häuslichen sowie geschäftlichen Begabungen. Ständig verlangte er, dass sie ihn bemuttere und seinen Müßiggang finanziell unterstütze. Gab sie Widerworte oder tat nicht, wie ihr geheißen, bekam sie die Hand, nicht selten den Ledergürtel, zu spüren. Überhaupt entpuppte sich Carl mehr und mehr als ein Mann, der nicht richtig zu ticken schien. Jähzorn prägte seinen Charakter und oft tat er Dinge, über die andere den Kopf schüttelten. So überaus die Menschen Eleonore ob des freundlichen Wesens und der Tüchtigkeit schätzten, so deutlich mieden sie ihren Ehemann.

„Lass dich nicht mit dem jungen Springsklee ein", hieß es Gass auf Gass ab in Elstra.

Johanna Eleonore allerdings blieb keine Wahl. Ihr Schicksal hieß Carl Gottfried. So sehr die Leute sie auch bedauerten, einen von Gott besiegelten Ehebund trennte zu damaliger Zeit kaum einer - außer der Tod. Drei Jahre hatte sie allen Eskapaden sowie körperlichen Drangsalen getrotzt, dann erschien ein Schweif Hoffnung am Horizont. An jeder Ecke stand es auf Plakaten: Im Amtsbezirk Bautzen hob die sächsische Armee Rekruten für das Jahr 1813 aus. Ihr dem Alter nach wehrpflichtiger Ehemann musste sich melden und zunächst ein Los ziehen. Er hatte Pech, denn seine Nummer fiel unter die zu musternden. Das fand Carl Gottfried alles andere als lustig. Nicht nur gegenüber der Frau entlud

Markt in Elstra, historische Ansichtskarte

er seinen Zorn, auch beim Aushebungsverfahren gebärdete er sich wie ein Wilder. Er schlug, schrie und spuckte. Mehrere Soldaten hielten ihn fest, während der verantwortliche Offizier fassungslos dreinblickte und die zukünftigen Vorgesetzten des Springsklee schon jetzt bedauerte. Er sollte Recht behalten. Die Unterordnung, der Drill, ein streng geregelter Tagesablauf waren nichts für Carl Gottfried. Ständig opponierte er, bekam Strafen und fand unter den Kameraden keine Freunde. Eines Tages beschloss er, zu desertieren. Schnell wieder eingefangen, verdonnerte ihn der Bataillonschef zum Lattenarrest. Für den Rekruten Springsklee eine schreckliche Erfahrung. In einem kahlen Raum - ohne Bett, Tisch oder Stuhl – musste er über Wochen auf dreieckig zugesägten Hölzern herumstaksen. Infolge seines auch danach latent aufsässigen Benehmens fassten ihn die Vorgesetzten nicht mit Samthandschuhen an. Er bekam es mit dem Magen und erlitt einen Leistenbruch. Im Jahre 1817 hatte die Militärbehörde schließlich genug und schmiss Carl Gottfried wegen sogenannter ‚incorrigibler Aufführung' vorzeitig aus der Armee.

Zu Hause angelangt war er allein. Johanna, die seit dem Eintritt Carls in den Militärdienst ohne Einkommen dastand, war nach Bautzen in Dienststellung gegangen. Traurig über die Trennung schien sie nicht zu sein, denn erst drei Jahre nach seiner Entlassung kehrte sie zurück. Entsetzt stellte sie fest, dass ihr Mann, statt beim Militär geläutert, labiler und hemmungsloser als je zuvor handelte. Noch vor ein paar Tagen saß er im Gefängnis, weil er Stroh gestohlen hatte, und anstelle Wiedersehensfreude schlug ihr bei der Ankunft blanker Hass entgegen. Warum sie ihn so lange hat sitzen lassen, schrie er und knallte Johanna die Faust ins Gesicht. In der Art ging es die nächsten Wochen weiter, bis die Lage eskalierte. Aus nichtigem Grund drosch Carl Gottfried auf sein Eheweib ein. Dermaßen heftig, dass die Nachbarn aus Angst um Johannas Leben Hilfe aus dem Rathaus holten. Die herbeigeeilten Gerichtsdiener hatten Mühe, ihn zu bändigen, zumal er mit einer Sense um sich hieb.

„Schert euch weg ihr Hundsfötte", brüllte er wie von Sinnen und hackte einem der Amtsgehilfen fast den Finger ab.

Um Schlimmeres zu verhüten, blieb den Helfern nichts anders übrig, als den außer Rand und Band geratenen zu arretieren. Ein Jahr Zuchthaus bekam Carl Gottfried für die Aktion aufgebrummt. Das Urteil wandelte die zweite Instanz jedoch in eine 8-wöchige Gefängnisstrafe um. In dieser Beziehung konnte er von Glück reden; was die Ehe betraf allerdings nicht, denn Johanna zog erneut aus. Mit Genehmigung der Gerichtsbehörde durfte sie ihn auf Zeit verlassen und ging zurück in ihre alte Stellung nach Bautzen. Anstrengungen, sie durch redlichen Lebenswandel zurückzuholen, kamen Carl nicht in den Sinn. Dazu hätten seine beruflichen Aktivitäten auch kaum ausgereicht. Sie lagen weit unter den Erfordernissen. Sprich, er lebte vom Eingemachten. Nunmehr in Finanznot geraten, musste er sein Haus an den Tagearbeiter Scheibe verkaufen. Immerhin war Carl schlau genug, darin ein lebenslanges, mietfreies Wohnrecht zu fordern.

Doch schnell zerrann, was Carl einst gewann. Dass er kostenfrei wohnen durfte, nutzte ihm jetzt wenig. Weil er bei den Elstraern als Mensch und Handwerker unten durch war, bekam er kaum Aufträge. Also ging er nach Bernstadt, wo ihm der Kürschnermeister Ludwig Arbeit gab. Erstaunlicherweise ging das ein halbes Jahr gut, bis am 25. August 1826 dessen Haus aus ungeklärter Ursache abbrannte und Carl zurückmusste. Zur großen Überraschung saß Johanna bei seiner Ankunft in der Stube. Sie war heimgekehrt - allerdings nicht allein. Auf ihrem Schoß saß ein einjähriger Bube, den sie in Bautzen zur Welt gebracht hatte. Die ganze Zeit rechnete sie damit, dass Carl deswegen ausrastet. Sie stellte jedoch fest, dass ihn ein anderes Kalkül bewegte. Carl brauchte Geld und statt Vorwürfen, lag es ihm näher, seine Frau auszunehmen. Sie wird ja in den letzten Jahren gut verdient haben, dachte er, und verlangte frech:

„Gib mir 50 Taler und ich erkenne das Kind an. Ansonsten denunziere ich dich wegen Ehebruch und dann Gnade dir Gott!"

50 Taler – du lieber Himmel – so viel konnte Johanna niemals aufbringen! Folglich machte ihr Mann die Drohung wahr. Er vertrat die irrige Ansicht, das Gericht würde seiner Frau eine Lektion erteilen und sie ins Gefängnis stecken. Das sahen die Herren auf dem Rathaus anders. Sie ließen die Sache straffrei ausgehen und bestärkten die geplagte Frau in ihrem Vorhaben, einen kleinen Handel betreiben zu wollen. Damit könne sie sich und ihren Sohn durchbringen. In ihrem Fall würde man sogar einer Scheidung positiv gegenüberstehen. Für Fremde nicht nachvollziehbar, nahm sie dieses Angebot nicht an. Im Gegenteil: Sie tat alles, um mit ihrem Gewerbe auch den Ehemann über Wasser zu halten. Anstatt dankbar zu sein, verfiel letzterer aber bald zurück in alte Verhaltensmuster. So kam es, wie es kommen musste, im Jahre 1828 trennte sich Johanna erneut. Sie zog samt Sohn zur verwitweten Tante ihres Mannes, Johanna Christiane Springsklee. Diese wohnte auf derselben Gasse ein paar Häuser weiter. Zu nahe, wie Johanna Eleonore bald merkte. Ständig kam Carl vorbei und bekniete seine Frau, zu ihm zurückzukehren. Je nach Gemüt bettelte und weinte er oder stieß wilde Drohungen aus. Außerdem fragte er bei jeder Gelegenheit nach Geld. Er bekam es sogar, denn Johanna verfügte mittlerweile über ein bescheidenes Vermögen. Trotz allem, und nicht zuletzt ihrer christlichen Einstellung geschuldet, fühlte sie eine gewisse Verbundenheit mit ihrem Gatten. Der versuchte dies auszunutzen, und setzte mitunter auf ungewöhnliche Mitleidstouren. Einmal beispielsweise mimte er den Stummen und

sprach über Tage kein Wort, ein andermal rannte er am hellerlichten Tag nackt durch die Gasse. Bei den Leuten in Elstra erweckte das kein Bedauern. Hörten sie den Namen Springsklee, tippten sie sich nur noch mit dem Zeigefinger an die Stirn.

Elstra i. S.
Pulsnitzerstrasse mit Kirche

4616 Verlag Ernst Winkler, Elstra i. S.

Pulsnitzer Straße mit Kirche

Kurz vorm Wochenende vom 9. zum 10. Oktober 1829 wendete sich das Blatt zugunsten von Carl Gottfried. Freitagnachmittag war es ihm gelungen, hinein ins Haus der Tante zu gelangen. Er fragte seine Frau, ob sie nicht gleich kommen und ihm beim Aufstapeln des Ofenholzes im Garten helfen könne. Sie schlug die Bitte ab, weil sie ahnte, was passieren würde, wäre sie mit ihm allein. Mit funkelnden Augen blickte er Johanna an.

„Warte nur, du wirst schon von selbst wiederkommen", fauchte er und verließ wütend das Haus.

Für Johanna und ihren Jungen sollte diese Prophezeiung schneller als gedacht zur bitteren Wahrheit werden. Sonnabend um 4 Uhr morgens riss eine Stimme die Leute aus ihren Betten.

„Feuer Feuer", schrie jemand aus voller Kehle.

Es war Johann Franke, der Nachbar der Witwe Springsklee. Mit einer Handglocke rannte er durch Elstra und wummerte mit der Faust gegen jede dritte Haustür. Schnelles Handeln war angesagt. Leicht konnte ein Brand auf die anderen meist mit Holzschindeln bzw. Stroh bedeckten Gebäude übergreifen und die gesamte Stadt in Not und Elend stürzen. Zu dieser frühen Stunde dauerte es eine Weile, bis die Leute begriffen, was geschehen war. Als sie mitbekamen, dass das Springskleesche Haus in Flammen stand, formierten sich die Löschtrupps. Jeder Bürger kannte seine Aufgabe. Scharfe Kommandos gellten durch die Luft. Die Wachmannschaft besetzte die Ortseingänge, die eingeteilten Spritzenleute holten die Pumpe aus dem Geräteschuppen, während die Masse der Bewohner zwei Doppelketten bildete. In Windeseile flogen Wassereimer von Hand zu Hand. In der einen Reihe von der Schwarzen Elster, in der anderen vom Marktbrunnen zur Feuerstelle. Zum Glück war es an diesem Morgen windstill, sodass die Brandhelfer ein Übergreifen des Feuers verhindern konnten. Für das Haus jedoch kam jede Hilfe zu spät. Bis auf die Grundmauern, einschließlich Schuppen und Stall, hatten es die Flammen aufgefressen. Fassungslos starrte die Witwe Springsklee auf die Asche ihres verbrannten Besitzes. Daneben standen die Eheleute Schulz. Sie wohnten in der oberen Etage und brachten es gerade noch fertig, ihre drei Kinder aus den Betten zu reißen. Verängstigt und bitterlich weinend umkrallten diese ihre Eltern. Sie alle hatten Dinge verloren, die sie brauchten und die sie liebten. Sie waren nun für längere Zeit auf die Solidarität ihrer Mitbürger angewiesen. Anders Johanna Eleonore und ihr Bube. Ihr blieb nichts weiter übrig, als zurück zu ihrem Ehemann in die gemeinsame Wohnung zu gehen. Breitbeinig wartete der mit verschränkten Armen vor der Haustür.

„Jetzt hats der Zufall also doch gemacht und du kommst wieder zu mir", grinste er.

Doch handelte es sich wirklich um einen Zufall? Klären konnte das zu diesem Zeitpunkt keiner.

Für Johanna Eleonore begann eine schwere Zeit. Nichtsdestoweniger war sie erfolgreich und in gewisser Weise glücklich. Genauer gesagt immer dann, wenn sie am Tag in ihrem bescheidenen Kramladen stand. Wenn sie mit den Leuten plauschte und das daheim vor sich hin dümpelnde Ekelpaket nicht sehen musste. Den Handel hatte sie in den letzten Jahren mit Fleiß aufgebaut und nach dem Brand weitergeführt. Die Elstraer kauften gern bei ihr. Sie schätzten Johanna als ehrliche, zupackende Frau, die jedem ein offenes Ohr und in Notlagen eine hilfsbereite Hand bot. Ungeachtet dessen bedauerten sie ihr Leben und rieten ihr, endlich eine Scheidung in die Wege zu leiten. Kirche sowie Obrigkeit würden das tolerieren, ebenso die meisten Bürger der Stadt. Lange Zeit sträubte sich Johanna dagegen. Vielleicht aber hätte sie den Schritt eines Tages gewagt, wenn nicht der Tod das Problem auf seine Weise gelöst hätte. Ein Motiv zur Trennung wäre auch ihr Junge gewesen. Tagsüber über kam er, um nicht bei Carl zu bleiben, mit in den Laden. Wie er älter war, traf sie ein Abkommen mit dessen Vater und ließ ihn in Bautzen zur Schule gehen. Ein Dauerzustand war das freilich nicht. Eine Lösung musste her, denn das Zusammenleben mit Carl (insofern davon überhaupt die Rede sein konnte) wurde von Jahr zu Jahr problematischer. Er trank, und ging es um die Profession als Kürschner, schob er permanent seine Krankheiten vor. Rund um die Uhr sollte ihn Johanna umsorgen und er verlangte wie immer Geld. War sie zu alldem nicht bereit, setzte es Prügel. Mit der Zeit erschien Johanna jedoch abgebrüht genug, ihm die eine oder andere Backpfeife zurückzugeben, was Carls Zorn nur noch anheizte. So zum Beispiel Ende Februar 1836. Eben hatte Johanna dem Töpfermeister Franke ein Schwein für 3 Taler und 18 Groschen verkauft, da begehrte ihr Mann auch schon das Geld.

„Nichts kriegst du davon", fauchte ihn Johanna an.

„Sei froh, wenn ich dir Essen und reichlich Branntwein hinstelle."

Kaum gesagt, kam das Übliche: Carl ging mit beiden Fäusten auf Johanna los. Doch diese war schneller. Sie nahm den Schürhaken vom Ofen und zog ihm eins drüber. Der ohnehin wacklig, da betrunken, auf den Beinen stehende stolperte rücklings über die Fußbank und knallte mit dem Schädel auf die Diele. Drei Wochen später war Johanna tot. War hier Rache im Spiel?

Nahm man die Aussagen Carls für bare Münze, bestand zwischen dem

Schweinegeld-Vorfall und dem Tod seiner Frau kein Zusammenhang. Im Gegenteil: Geliebt habe er die Johanna und hätte ernsthaft ihr niemals ein Leid zufügen können. Angesichts der allseits bekannten Gewalttaten sowie des zerrütteten Eheverhältnisses glaubten ihm die Ermittler allerdings kein Wort. Seit dem 8. März, dem Tag des Auffindens der Toten, saß er gefangen in einer Zelle. Von dort holten ihn die Herren des Stadtgerichts täglich zum Verhör. Inzwischen lagen auch die Ergebnisse der von Dr. von Röder geführten Leichenschau vor.

„Schnittwunden und andere Spuren am Hals der Verstorbenen weisen eindeutig auf eine Abschnürung des Halses hin", stand in seinem Bericht. Zudem seien geronnenes Blut im Gehirn nebst schaumigem Blut in der Lunge deutliche Zeichen für einen Erstickungstod. Im Übrigen müsse die Leiche ein paar Tage gelegen haben. Die anderen Verletzungen, wie die fehlende Oberlippe und die große Fleischwunde am linken Oberarm, wären ihr nämlich erst nach dem Tod zugefügt worden. Allerdings nicht von Menschenhand, sondern lästigen Nagern, allgemein als Hausratten bekannt. Dass in der Springskleeschen Wohnung genügend hausten, davon konnten sich die Gerichtsherren bei einer Ortsbegehung überzeugen. Wie sie die Tür zur verlassenen Stube öffneten, wimmelte es von diesen Tierchen.

Angesichts des ärztlichen Gutachtens fiel es Carl Gottfried schwer, die ursprüngliche Todesvariante aufrechtzuerhalten. Nunmehr behauptete er, seine Frau habe mit einem Strick ihr Leben selbst beendet. Bürgermeister Sembder war außer sich, als er das hörte.

„Dieses Rabenaas", schimpfte er.

„Wer soll ihm den Unsinn glauben? Der Springsklee versucht mit allen Mitteln, den Kopf aus der Schlinge zu ziehen. Und das vielleicht mit Erfolg, denn beweisen können wir ihm nichts."

Er hatte recht, denn Zeugen gab es keine. Ebenso bei den Bränden 1826 in Bernstadt und 1829 in Elstra. Auch dieser Verbrechen bezichtigte ihn das Gericht. Es rollte die Fälle neu auf und wollte den Delinquenten dafür gleich mit bestrafen. Für Carl war die Angelegenheit mehr als heikel. In seinem Kopf ging es drunter und drüber. Erst gestern war der Pfarrer da und redete ihm ins Gewissen. Vor Gott und der Welt müsse er Klarheit schaffen und sich von Sünden befreien. Was sollte Carl tun? Gestand er alle Taten, war er dem Tode geweiht – das wusste er. Wie also konnte er aus dem Dilemma herauskommen, wie sein Leben retten? Er handelte konfus, was im Großen und Ganzen seinen labilen Charakter und mangelnde Intelligenz widerspiegelte.

Keiner konnte es sagen: War es moralischer Zwang, war es der äußere Druck oder das Kalkül, ein mildes Urteil zu erhalten? Obwohl er mitbekommen hatte, dass das Gericht außerstande war, ihm die Taten nachzuweisen, bekannte Carl am 17. März laut und deutlich:

„Ja ich habe mein Eheweib ermordet und den Brand 1829 im Haus der Witwe Springsklee gelegt. Am Feuer in Bernstadt drei Jahre zuvor trage ich aber keine Schuld."

Was die Brandstiftung anging, schilderte er, dass er am Samstag, den 10. Oktober 1829, nach Mitternacht an die hintere Seite des Springskleeschen Hauses schlich. Bei sich trug er ein Töpfchen glühende Kohlen sowie einen Schwefelfaden, mit dem er das bis auf Mannshöhe herunte hängende Strohdach anzündete. Danach rannte er zurück in seine Wohnung – ungesehen, da die Leute zu dieser Zeit fest schliefen. Verglichen mit der Aussage des Nachbars Franke, der das Feuer zuerst am hinteren Teil des strohgedeckten Hauses bemerkt haben wollte, schien die Beschreibung des Beschuldigten glaubhaft. Die Frage, ob er zur Tatzeit nüchtern und im Besitz aller Sinne gewesen sei, beantwortete Carl Gottfried mit ja. Wie damals bereits vermutet, gab er an, dadurch seine Frau zur Rückkehr zu bewegen. Die Gerichtsherren waren fassungslos. Wie konnte jemand aus derart niederen Gründen den Feuertod unbeteiligter Menschen sowie den Ruin seiner Heimatstadt in Kauf nehmen?

Noch mehr lief ihnen ein kalter Schauer über den Rücken, wie sie hörten, was Carl Gottfried der Ehefrau angetan hatte. Er gab an, lange mit dem Gedanken umgegangen zu sein, Johanna zu beseitigen. Immer frecher wäre sie geworden und wollte von ihren Einnahmen kaum etwas abgeben. Den endgültigen Anstoß, seinen Plan wahr zu machen, hätte ein von ihr verkauftes Schwein gegeben.

„Nicht einen Groschen wolle sie mir davon geben", erklärte er.

„Als ich sie um das Geld bat, hat sie mich wehrlosen Mann mit einem Feuerhaken niedergestreckt."

Treuherzig sah Carl die Gerichtsherren an.

„Ich hatte Angst um mein Leben und bin diesem boshaften Weib nur zuvorgekommen", versuchte er seine Tat zu entschuldigen.

Die Männer verdrehten die Augen.

„Ja ja Springsklee, du bist die Unschuld in Person, das wissen hier alle", spöttelte Bürgermeister Sembder und gebot ihm, anstatt zu jammern, den Tathergang wahrheitsgemäß zu schildern. Was herauskam, hatten die Gerichtsherren so noch nie gehört. Da Carl seiner Frau von Angesicht zu Angesicht offenbar nicht mehr gewachsen war, beschloss er, sie heimlich im Schlaf aufzuhängen. Dazu schraubte er Tage vor dem Mord einen Haken in den Deckenbalken. Am Sonnabend, den 5. März, war es soweit: Er schob das Ehebett unter diese Stelle. Seine Frau war verwundert, verlor darüber aber keine weiteren Worte. Während sie Sonntagnacht schlief, holte er ein vorbereitetes Seil aus dem Versteck. Er legte ihr vorsichtig die Schlinge um den Hals, führte es über den Haken und band das andere Ende an ein am Türrahmen festgemachtes Stolleisen. Danach zog er den Körper in die Höhe. Mit dem Gesäß über dem Bett schwebend hielt er die im Seil hängende Frau fest, bis sie kein Lebenszeichen mehr von sich gab. Anschließend entkleidete er die Leiche, wickelte sie in Tücher und quetschte sie zwischen Ofen und Wand, in die sogenannte Hölle. Nach der Schilderung Carl Gottfrieds zeigte seine Frau keinerlei Gegenwehr. Nur ein Grunzen hätte sie während des kurzen Todeskampfes von sich gegeben. Auf die Frage, ob Besuchern am Sonntag und Montag nichts aufgefallen wäre, antwortete er:

„Nein, ich sagte allen, Johanna wäre zu ihrem Sohn nach Bautzen gegangen. Nur ist es mir unheimlich geworden, weil ich, sobald Ruhe eintrat, die Ratten hinterm Ofen schmatzen hörte."

Am Dienstag habe er deswegen seine Frau hervorgezerrt, um sie begraben zu lassen. Der Rest wäre ja bekannt, meinte er. Für eine Minute trat Stille ein. Mit angewiderten Minen saßen die Herren da. Zwei mussten vor Ekel aufwürgen und pressten ihre Taschentücher an den Mund. Der Bürgermeister fand als Erster die Sprache wieder. Er befahl dem Gerichtsdiener:

„Schaff den Kerl zurück in die Zelle."

Dem Elstraer Gericht schien die Sache klar. In seinen Augen war Carl Gottfried Springsklee kein gewöhnlicher Mörder. Er war ein irrsinniger Mordbrenner, der die härteste Strafe verdiente, die das königlich-sächsische Strafrecht kannte.

Damit das Verfahren nach Recht und Gesetz ablief, bekam Carl Gottfried einen Verteidiger zugewiesen. Dieser machte ihm klar, welcher Strafe er im Fall eines Schuldspruches entgegensah. Kein Zuchthaus, kein Richtschwert - nein, es würde schlimmer kommen! Als Mörder und Brandstifter erwartete ihn in Sachsen der Tod durch das Feuer. Sicher, die Zeiten der Scheiterhaufen sind vorbei, sagte ihm der Rechtsanwalt. Aber immerhin: Der Henker würde ihn auf einem Rost bei lebendigem Leib in die Flammen schieben. Da der Anwalt aber sah, dass die Anschuldigungen gegen seinen Mandanten lediglich auf Indizien beruhten, riet er ihm, das überhastet abgegebenes Geständnis zu widerrufen. Es galt zu retten, was zu retten ist. Es folgte ein Wechselbad der Gefühle, das vollends am Verstand des Springsklee zweifeln ließ. Verblieb der-selbe am 2. April 1836 noch bei seinem Geständnis, so nahm er es am 19. April vormittags zurück, nichtsdestoweniger es am Nachmittag zu wiederholen. Am 20. April widerrief er erneut und am 23. April widerrief er diesen Widerruf. Nunmehr blieb er endgültig bei seinen Schilderungen, zumindest was den Brand 1829 und den kürzlich stattgefundenen Mord betraf. Anteil daran trug der Pfarrer von Elstra, der jeweils im Wechsel mit dem Anwalt auf Carl einredete. In puncto Wahrheit hielt der Vertreter Gottes offensichtlich die besseren Karten in der Hand. Das Elstraer Gericht schloss für seinen Teil die Untersuchungen ab und gab sämtliche Protokolle nach Bautzen zum Appellationsgericht. Wie vom Verteidiger befürchtet, folgten die Elstraer ihrem sowie des Volkes Befinden und schlugen für Carl den Feuertod vor.

Das Appellationsgericht Bautzen sah das genauso. Dennoch musste es die Sachverhalte nochmals gründlich prüfen. Der Verteidiger warf alles in die Waagschale, um ein mildes Urteil für seinen Mandanten zu erreichen. Aufgrund seines geistigen Zustandes sei das Geständnis wertlos, meinte er. Nachweisen könne das Gericht weder die Brandstiftung 1829 noch den Mord an der Ehefrau. Demzufolge sei Carl Gottfried Springsklee als unschuldig anzusehen. Und sollte er die Taten begangen haben, könne man ihn dafür kaum zur Verantwortung ziehen: Er sei ja, wie die meisten Bewohner der Stadt bezeugten, ‚nicht ganz richtig im Kopf‘. Eine Unterbringung in der Landesirrenanstalt wäre das höchste der Gefühle. Die Bautzener verlangten darum vom Kamenzer Arzt Dr. von Röder ein erneutes Gutachten, diesmal hinsichtlich der Schuldfähigkeit des Angeklagten. Der Doktor attestierte, dass die körperlichen Leiden kaum taugten, die Taten zu entschuldigen und auch geistig sei Springsklee für seine Handlungen voll verantwortlich. Daraufhin sprach das Appellationsgericht Carl Gottfried Springsklee zweier todeswürdiger Verbre-chen für schuldig und verurteilte ihn, wie vorgeschlagen, zum Tod durch das Feuer. Am 26. August las Bürgermeister Sembder Carl Gottfried Springsklee das Schreiben in Gegenwart des Anwaltes vor. Doch auszuhalten, was er seiner Frau bzw. anderen, darunter Kindern, zugedacht hatte, dazu war er zu feige. Einem Häufchen Elend gleich hockte er auf dem Schemel und heulte wie ein Schlosshund. Ob er diesen schlimmen Tod nicht verhindern könne, wollte er vom Verteidiger wissen.

„Den Feuertod zu abzuwenden, liegt nicht in meiner Hand“, belehrte ihn der Anwalt.

„Ich kann das Urteil nur anfechten und mich an die nächste Instanz, das Oberappellationsgericht in Dresden, wenden. Nur die dürfen die Entscheidung revidieren.“

Wie gesagt, so getan. Das Verfahren zog sich in die Länge und verschaffte Carl Gottfried eine weitere Galgenfrist. Das höchste Gericht Sachsens sollte jetzt bestimmen inwieweit der Angeklagte zurechnungsfähig und auf welche Art bei einem Schuldspruch zu richten sei. Musste er aufs Feuer, oder, wie der Advokat beantragte, ‚nur‘ aufs Schafott. Das Königlich-Sächsische Oberappellationsgericht ließ sich Zeit. Es untersuchte den Fall nochmals bis ins kleinste Detail und begründete seine Entscheidung in seitenlangen Auslassungen. Minutiös zerpflückte es die Argumente des Verteidigers. Die Herren des Elstraer Gerichts nickten zufrieden, als sie das Schreiben aus Dresden in den Händen hielten. Wieder war es Bürgermeister Semder, der Carl Gottfried am 2. Dezember 1836 die Meinung der höchsten Landesrichter verkündete. Laut und mit sichtlicher Befriedigung las er vor:

„... es ist daher kein gesetzlicher Grund zur Milderung des vorigen Urteils aufzufinden gewesen."

Die Bürger von Elstra klatschen Beifall, jedoch zu früh, wie sich alsbald herausstellte.

Statt endlich wie ein Mann das Urteil zu akzeptieren und zu seinen Taten zu stehen, gab sich Carl Gottfried wie vorher. Er flennte und rutschte vor dem Anwalt auf Knien.

„Ich will nicht im Feuer sterben, ich will nicht im Feuer sterben", jammerte er in einem fort.

„Gut", sagte sein Verteidiger, „versuchen wir das Letzte und wenden uns an den König".

Offenbar von Mitleid getrieben, setzte er ein langes Gnadengesuch auf. Carl Gottfried unterschrieb mit ungelenker Hand.

„Wenn ich schon aus der Welt gehen muss, dann wenigstens schmerzfrei durch das Schwert", bat er flehentlich.

Dass er mit seiner Bitte auf offene Ohren stieß, ahnten weder Anwalt noch Carl Gottfried. Friedrich August II. hatte in diesem Jahr (1836) die Regierung von seinem Onkel Anton übernommen. Er galt als liberaler Geist. Von derart harten Todesstrafen wie dem lebendigen Verbrennen von Menschen hielt er wenig. Das spiegelte auch das 1838 neu von ihm eingeführte Strafgesetzbuch wider. Ebenso fühlte er, seinen Vorgängern folgend, eine dankbare Verbundenheit mit den Untertanen in der Oberlausitz. Noch heute trägt zum Beispiel der weltweit einzige gusseiserne Turm auf dem Löbauer Berg seinen Namen. Ob letztere Beziehung hinsichtlich der Entscheidung eine Rolle spielte, ist unbekannt. Carl Gottfried und sein Verteidiger jedenfalls konnten kaum fassen, was im Brief des Justizministeriums vom 30. Januar 1837 stand:

„Seine Majestät hat geruht, die zuerkannte Todesstrafe in lebenslange Zuchthausstrafe zu verwandeln."

Carl Gottfried fiel ein Stein vom Herzen. War er früher Kirchensachen nicht sonderlich zugetan, betete er nun gleich drei Vaterunser hintereinander. Anders die Mehrheit in der Stadt. Sie wollte den ‚Irren von Elstra' wenigstens öffentlich durch das Schwert hingerichtet sehen. Eventuell wäre diese Variante auch für Carl Gottfried die bessere Wahl gewesen. Anfang Februar überführte ihn das Stadtgericht unter strenger Bewachung ins Zuchthaus nach Waldheim. Gefangene wie ihn erwartete dort das blanke Martyrium – ein Todesurteil auf Zeit.

ooooo

Die Sage vom Klötzelmönch zu Görlitz

ooooo

Dreifaltigkeitskirche Görlitz

Wie es in früheren Zeiten üblich war, kam eines Abends ein junger Handwerksgeselle während der Wanderschaft durch die Tore der Stadt Görlitz, um Arbeit bei einem Meister zu suchen. Was er nach seiner Ankunft erlebte, ist historisch nicht verbürgt, zumindest aber könnte es sich so oder ähnlich zugetragen haben. Wie die Leute erzählten, lief er zu dieser vorgerückten Tagesstunde an der Klosterkirche auf dem Obermarkt vorbei und hörte, wie just das Glöckchen der Menoriten alle Brüder und Vorübergehenden zum Abendgebet rief. Tiefgläubig und auf Gottes Beistand hoffend, betrat er das Gebetshaus. Er bekreuzigte sich, stellte seinen Tornister an den hinteren Stuhlreihen ab und sank auf die Knie. Tief in der Andacht versunken und müde vom Wandern, legte er jedoch bald den Kopf an die Bank und schlief ein. Niemand bemerkte ihn, auch nicht der aufsichtshabende Mönch. Nachdem die Messe vorüber war, löschte dieser, bis auf zwei, alle Kerzen, verschloss den Eingang und verließ das Kirchenschiff.

Einige Stunden vergingen, die Mitternachtsglocke hatte gerade geschlagen, da erwachte der Bursche aus tiefem Schlaf. Er erschrak, denn er war mutterseelenallein, es war dunkel und ihm fröstelte. Nach und nach kam ihm die Situation zu Bewusstsein. Er war eingeschlossen und bis zum frühen Morgen musste er es jetzt wohl oder übel in der tristen Kirche aushalten. Umgeben von gespenstiger Stille, schlich er zum Altar, wo das Licht brannte. In der kalten Einsamkeit wollte er wenigstens ein wenig Geborgenheit und die Nähe Gottes spüren. Vorn angekommen, nahm der junge Mann einen der Chorstühle in Beschlag und machte es sich den Umständen entsprechend bequem.

Fast wäre er wieder in Morpheus Armen versunken, da vernahm er am Gemäuer, hinter welchem das Kloster lag, seltsame Geräusche. Zunächst vermochte er sie nicht zu bestimmen, dann aber hörte er deutlich schwere Schritte, begleitet von einem Scharren, als würde der Leibhaftige eine verfluchte Seele in sein Reich schleppen. Vor Angst schlotternd, befürchtete er, nun ginge es auch ihm an den Kragen. Der Bursche sprang hinter das Chorgestühl. Kaum hatte er das getan, knarrte die Eisentür zum Klostergang. Jemand öffnete sie und was er zu sehen bekam, ließ ihm mehr als einen Schauer über den Rücken laufen. Herein trat ein schwarz gekleideter Mönch. Mit hölzernen Pantoffeln schlürfte er über den Steinfußboden. In der linken Hand hielt er eine Laterne, deren matter Schein sein pockennarbiges Gesicht in eine furchterregende Maske verwandelte. Aber was war das für ein Bündel, mit dem er sich dermaßen abmühte? Der Bursche musste zweimal hinschauen, bevor er es glauben konnte. Der Mönch zog einen leblosen Frauenkörper hinter sich her. Am langen blonden Schopf gepackt, zerrte er ihn bis vor den Altar. Dort ließ er den Kopf achtlos auf den Boden plumpsen. Nachdem er ächzend eine Steinplatte vor dem Opfertisch herausgehoben hatte, ließ er - jetzt erkannte es der Bursche genau - das junge schlanke Mädchen in die Gruft rutschen. Danach verschloss er die Öffnung und genauso unheimlich, wie er gekommen war, verließ er die Kirche wieder. Dem Handwerksburschen zitterten alle Glieder. Nach einer Weile beruhigte er sich, seine Lider wurden schwer und er dämmerte bis zum Morgen im Halbschlaf dahin. Wie früh der erste Mönch die Eingangstür öffnete, schlich er unbemerkt hinaus. Er rieb seine Augen, klopfte Tornister und Kleider aus - geradewegs als wolle er einen bösen Traum abschütteln.

Nachdem er unweit der Klosterkirche in der Fleischergasse eine Herberge gefunden hatte, fiel ihm auf, dass alle aufgeregt umher liefen und ihre Köpfe zusammensteckten. Was denn los sei, erkundigte er sich und erfuhr, dass seit gestern die Tochter der armen Witwe von nebenan spurlos verschwunden war. Zur Abendmesse sei sie gegangen, von da aber nicht zurückgekehrt. Wie sie denn aussähe, fragte der Bursche. Noch während ihm die Leute das Mädchen beschrieben, blieb ihm fast das Herz stehen.

„Heilige Muttergottes", schoss es ihm durch den Kopf, „hat mich letzte Nacht doch kein Traum genarrt".

Sofort, ohne ein Wort zu verlieren, nahm er seine Beine in die Hand und lief zum Rathaus, die grausige Beobachtung anzuzeigen.

Den Herren im Rathaus war das Verschwinden der jungen Frau bereits zu Ohren gekommen. Ohne Zeit verstreichen zu lassen, trommelte man die Stadtwache zusammen, ließ Kirche und Kloster umstellen und sich vom Handwerksburschen die fragliche Steinplatte zeigen. Und tatsächlich: Darunter lag, ungefähr 6 Fuß tiefer, die Leiche des vermissten Mädchens. Sofort wies der Bürgermeister den Guardian (Vorsteher des Klosters) an, alle Mönche an Ort und Stelle zu versammeln. Befragt, welcher von diesen es gewesen sein könnte, erkannte der Bursche den Missetäter auf Anhieb. Unter Tausenden hätte er das gekonnt, so heftig hatte sich das nächtliche Erlebnis sowie das scheußliche Gesicht des Frevlers bei ihm eingebrannt.

Vollkommen überrumpelt - alles Leugnen wäre auch zwecklos gewesen - gestand der Mönch die schreckliche Tat. Der Drang nach einem Weibe sei in ihm übermächtig geworden, jammerte er unter Tränen. Dermaßen heftig, dass er nicht anders gekonnt hätte, als dieses begehrenswerte Weib nach der Abendmesse in seine Zelle zu locken. Der Teufel sei offenbar in ihn gefahren, denn dort habe er sie schändlich gebraucht und, damit sie schweige, anschließend zu Tode gewürgt.

Zu jener Zeit gab es für solch eine Tat nur eine Strafe, nämlich den Tod. Für den Menoriten-Mönch fiel sie besonders hart aus. Der Sage nach mauerte man ihn bei lebendigem Leib im Bereich des Klosters ein. Die Klosterbrüder und die Schüler des danach sich hier befindenden Lyzeums berichteten immer wieder, dass er keine Ruhe fand. Pünktlich zur Mitternacht klapperte er mit Holzpantoffeln und seiner Laterne durch die Klostergänge. Einmal soll er einen Barbierjungen, der sich in den Kreuzgängen verlaufen hatte, derart erschreckt haben, dass dieser starb. Erst nachdem Arbeiter bei Abrissarbeiten die Gebeine des Frevlers fanden und sie in geweihter Erde bestatteten, soll der Spuk aufgehört haben.

Diese Sage hat ein Görlitzer Bürger zum Anlass genommen, am Haus der Apotheke in der Fleischergasse zwei Köpfe anbringen zu lassen. Zum einen eine Frau, die aus dem Fenster schaut und (wahrscheinlich) auf ihre Tochter wartet sowie einen Mönch. Haus und Skulpturen existieren nicht mehr. Dafür erinnert heute das Hotel ‚Zum Klötzelmönch' an das schreckliche Ereignis vor … ja vor wie vielen Jahren war das eigentlich? Genau vermag das niemand mehr zu sagen.

ooooo

In Bautzen hängt man die Diebe zweimal

ooooo

Die Oberlausitz ist reich an Sagen und Legenden. Viele entspringen der Fantasie, andere wiederum haben einen wahren Kern. Wie auch die Folgende mit genauem Datum bezifferte Geschichte, die im Nachhinein für ein spöttisches Sprichwort sorgte:
„In Bautzen hängt man die Diebe zweimal."

Seidauer Brücke

Im Jahr 1558 soll es gewesen sein, dass sich vor den Mauern der Stadt Bautzen, jenseits der Spree im Dorf Seidau, ein polnischer Student zeitweilig niedergelassen hatte. Er war ein melancholischer Typ, der selten Gesellschaft suchte. Schwermütig, mit gesenktem Blick, schlich er durch die Gassen und saß er abends im Bierhaus, hockte er allein in einer Ecke. Er dachte vor sich hin, las Schriftstücke oder in einem Buch. Dann und wann konnten die Leute Bartholomäus, so sein Name, am Ufer der Spree beobachten, wie er seltsame Experimente mit allerlei Gestöck und anderen Utensilien ausführte. Da das gemeine Volk von Budissin, wie die Stadt damals hieß, im Gegensatz zu heute noch relativ ungebildet und plump daherkam, hatte es für Menschen wie den Bartholomäus kaum Verständnis. Die Leute spotteten und riefen ihm unflätige Dinge hinterher. Gemeinhin nannten sie ihn den ‚Tollen Barthel‘. Vornehmlich die Tochter des Drahtziehers aus Seidau hatte es auf den jungen Polen abgesehen. Mit ihren 20 Lenzen zählte sie nicht gerade zu den Gescheitesten, welchen Umstand sie mit wenig graziler Figur und plumper Sprache trefflich zu betonen wusste. Primitiv und einfältig provozierte sie den Barthel in einer Tour. Einmal, im unbeobachteten Moment, hob sie sogar den Rock und machte ihren prallen Hintern vor ihm blank.

Doch am verschlossenen Gemüt Barthels, gleichwohl seiner Klugheit, schien vieles abzuprallen. Es war, als nähme er den Menschen nichts übel. Eines Tages aber war das Maß voll. Der Sommer ging langsam zu Ende, da ließ er sich vom Seidauer Schuster Hienke neue Schuhe machen. Als Barthel Selbige abholte, warf ihm Hienke das Paar vor die Füße.
„Da hast du die Schuhe“, lachte er höhnisch.
„Indes, wozu du solch gutes Werk brauchst, will mir nicht recht einleuchten. Wirst mit deinem wideren Wesen nicht weit kommen auf dieser Welt. Bezahle nur geschwind, denn am Ende landest du Vogel noch am Galgen und unsereins geht leer aus!“
Das war Barthel zu viel. Augenblicks sann er auf Rache, wobei ihm die eben beschiedene Aussicht, am Galgen zu enden, auf eine Idee brachte.
„Ei Meister Hienke“, antwortete er doppelsinnig, „wäret ihr wohl damit einverstanden, würde ich eure Mühe mit dürrem Leder entlohnen?“
Hienke wiegte den Kopf:
„Neues, trockenes Leder, das wäre trefflich für mein Geschäft“.
Er dachte es und willigte schließlich ohne Argwohn ein.

Der Tolle Barthel rieb sich die Hände. Um seinen perfiden Plan zu verwirklichen, schlich er am Sonnabend, den 17. September, kurz nach Mitternacht an die Galgen vor dem Äußeren Lauentor. Genau dorthin, wo nicht weit entfernt heute die Gaststätte ‚Zum Zollhaus‘ steht. Seit fast zwei Jahren baumelten dort zwei abgeurteilte Verbrecher. Wind und Wetter ausgesetzt, waren deren Leichen bis auf Haut und Knochen verwest, die Kleidung hing nur noch in Fetzen an ihnen herunter. Barthel verkniff seinen Ekel, schnitt die beklagenswerten Sünder ab und machte sich auf den Weg. Immer an der Spree entlang kam er mit den Leichen unterm Arm über die Seidauer Brücke. Er steckte die Erste unmittelbar rechter Hand in ein offenes Fenster der Drahtmühle, die Zweite lehnte er drei Häuser weiter an die Tür von Meister Hienke. Danach ging er schräg über die Gasse in seine Kammer, voller Freude, von da aus am nächsten Morgen ein bisher nie da gewesenes Spektakel zu erleben.

Unvermeidlich geschah, was Barthel vermutet hatte. In der Frühe betrat die Tochter des Drahtziehers als Erste die untere Stube. Beim Anblick der zwischen Fenster und Diele kopfüber hängenden Leiche erfasste das arme Mädchen blanke Panik. Ein markerschütternder Schrei weckte mit einem Schlag alle Bewohner des Hauses.

„Der Leibhaftige, der Leibhaftige“, kreischte sie wie von Sinnen, sodass ihr Vater sie kaum beruhigen konnte.

Nicht anders bei Schuster Hienke. Wie der Meister in der 6. Stunde am Morgen die Haustür öffnete, fiel ihm das schauerliche Gerippe direkt in die Arme. Starr und bleich vor Schreck brachte Hienke für Minuten kein Wort heraus. Erst langsam kam er zur Besinnung. Nachdem er etliche Fetzen von Gesicht und Hemd gewischt hatte, dämmerte ihm, wer den Streich gespielt haben könnte.

„... mit dürrem Leder entlohnen ...!“

Blitzartig schoss ihm dieser Satz durch den Kopf und dem Schock folgte unbändige Wut. Laut fluchend rannte er auf die Gasse und stieß Drohungen in Richtung Barthels Fenster aus. Hienkes Gebrüll vermischte sich mit dem Gekreisch aus der Drahtmühle. Trotz früher Stunde vom Lärm nach draußen gelockt, fragten zahlreiche Seidauer besorgt, was denn los sei. Angesichts der abgeschnittenen Leichen, der wilden Gesten sowie übelster Verwünschungen gegen den Tollen Barthel, stimmten einige ins allgemeine Zeter und Mordio ein. Andere dagegen konnten vor Lachen kaum an sich halten. Nicht nur Seidau, sondern ganz Bautzen hatte ab diesem Tag ein neues Stadtgespräch.

Für den Tollen Barthel hatte die Angelegenheit ein übles Nachspiel. Am Vormittag gingen Drahtzieher- sowie Schuhmachermeister hinauf in die Stadt und zeigten die boshafte Tat bei Gericht an. Der Pole kam in den Arrest, wurde vernommen und in der Nacht zum Montag über die Grenze nach Schlesien und von da aus weiter in Richtung Polen abgeschoben. Der Scharfrichter aber erhielt noch am gleichen Tag den Befehl, die Gehenkten wieder an ihre Galgen zu knüpfen. Er tat das gern, denn er bekam nunmehr zum zweiten Mal den ihm für seine Arbeit zustehenden Lohn. Schnell machte der Fall über die Stadt hinaus die Runde. Seitdem heißt es:
„In Bautzen hängt man die Diebe zweimal."

Das Ascheweibchen zu Zittau

ooooo

Zittau um 1850

Mit Sagen ist das so eine Sache. Einige von ihnen scheinen erfunden zu sein oder beruhen auf Aberglauben. Solche Erzählungen kann man getrost der Märchenwelt zuordnen. Einen exakten Trennstrich zwischen Märchen und Sagen vermag allerdings niemand zu ziehen. Was die meisten Überlieferungen zu Sagen macht, ist die Tatsache, dass sie einen wahren Kern haben. So auch die folgende Sage. Sie handelt von einem alten Weib, das Unglück voraussah und die Zittauer zu warnen versuchte.

Zum ersten Mal soll es der Überlieferung nach in der Silvesternacht von 1755 auf 1756 geschehen sein. Kurz vor Mitternacht liefen die Menschen aus ihren Häusern, standen auf den Straßen oder auf dem Markt. Die Stimmung war ausgelassen, viele hatten, der Sitte nach, bunte Masken aufgesetzt. Sie versammelten sich in Gruppen, in denen ein Krug, gefüllt mit Punsch, die Runde machte. Begleitet vom minutenlangen Mitternachtsläuten wünschten die Leute einander alles Liebe und ein gutes neues Jahr. Hauptsächlich Kinder und Jugendliche rannten jetzt lärmend mit Rasseln sowie töpfeschlagend durch die Stadt, während einige Herren der Schöpfung, besonders die der Schützengilde, mit ihren Büchsen in die Luft knallten. Doch in dieser Nacht war es kalt und unentwegt fiel Schnee, sodass die Bürger nicht lange im Freien blieben. Eine weiße Decke überzog die Gassen und bald trat Stille ein. Beim Nachhausegehen erblickten mehrere Nachzügler vor der Johanniskirche plötzlich ein Weib. Wie aus dem Nichts war sie aufgekreuzt, keiner hatte sie je zuvor gesehen. Ihre hagere, gebeugte Gestalt und das Gesicht voller Runzeln, ließen auf ein hohes Alter schließen. Einige der Vorübergehenden meinten, es wäre vielleicht eine Landstreicherin, denn ihre Kleidung erschien ärmlich, an etlichen Stellen war sie sogar vom Feuer versengt. Umso erstaunter sahen die späten Heimkehrer, wie die vermeintlich Alte mit flotten Schwüngen den Schnee vor der Kirche wegkehrte. Derart kräftig, dass sie selber im Flockenwirbel zu verschwinden drohte. Eine gruselige Szenerie, trotzdem fasste ein Bursche Mut und rief dem Weib zu:

„He gute Frau, wer seid ihr und warum fegt ihr den Schnee? Morgen früh ist alles wieder zugeschneit!"

Das Weiblein sah ihn für einen Augenblick mit unheimlich leuchtenden Augen an. Den Umstehenden fuhr ein Schauer über den Rücken. Mit eindringlicher Stimme antwortete sie:

„Ich bin das Ascheweibchen eurer Stadt!

Ich kehr zusammen aller Orten,

wo Unglück kommt, das Asche will horten.

Zumeist kehr ich vorm Gotteshaus,

viel Leid wird sein, wenn der Tod schaut heraus."

Vielleicht hätten die Nachtschwärmer die mystischen Worte der Alten schnell vergessen, wäre die Erscheinung in den kommenden Nächten nicht wiederholt aufgetreten, am häufigsten vor der Johanniskirche. Kein Wunder, dass bald der Zittauer Rat Wind von der Sache bekam.

„Diesem Spuk werden wir ein Ende bereiten", entschied Bürgermeister Hoffmann bei der nächsten Zusammenkunft.

Er wies einen Ratsherrn an, Stadtsoldaten loszuschicken und die vermeintliche Landstreicherin dingfest zu machen, sie anzuhören und dann in ihren Heimatort abzuschieben. Wie befohlen streifte das kleine Kommando durch die Stadt. Zunächst erfolglos, doch nach einigen Nächten wurden die Soldaten der Alten vor der Johanniskirche gewahr. Forsch herrschte der Anführer sie an:

„He Weib, wozu in Gottes Namen fegst du zu unchristlicher Stunde Schnee von der Gasse?"

Weil er sogleich keine Antwort bekam, befahl er seinen Mannen:

„Ergreift die Frau und bringt sie zu Arrest!"

Was dann geschah, ließ den Männern das Blut in den Adern stocken. Als sie zupacken wollten, griffen sie ins Leere. Im Bruchteil eines Atemzuges löste sich die Gestalt in Nebel auf, welcher mit fauchendem Ton gen Himmel fuhr.

„Ihr unglückseligen Geschöpfe - wehe euern Leibern! Donner, Asche und Tod werden euch vernichten!"

Unfähig, sich zu rühren, blickten die Soldaten mit offenem Mund minutenlang nach oben. Begreifen konnten sie das eben Erlebte nicht. Aber nicht nur sie, auch die seltsame Alte schien durch diesen Vorfall verschreckt, denn danach sah man sie immer seltener. Und wenn, wagte sich niemand an mehr sie heran.

Mit der Zeit dachte bald keiner mehr an den Spuk. Erst im Sommer des folgenden Jahres begriffen die Zittauer, vor welch grausigem Ereignis sie das Orakel erfolglos zu warnen versucht hatte. Mitte 1756 brach der Siebenjährige Krieg aus. Der preußische König, seines heutigen Namens der Alte Fritz, wollte das von ihm geraubte Schlesien gegenüber Österreich verteidigen und besetzte dazu auch Sachsen. Im Jahr darauf nahmen die Preußen Zittau zwecks Einlagerung von Waffen, Munition und Fourage in Beschlag. Die Stadt stöhnte unter der Last einquartierter Soldaten. Sie war vollgestellt mit Pferden und Wagen. Zu allem Unglück kamen im Juli die Österreicher vor die Stadt und verlangten von den Preußen, Zittau zu räumen. Dazu stellten sie dem Kommandanten ein Ultimatum. Keiner hatte damit gerechnet, dass die mit Sachsen verbündeten Österreicher ihre Drohung wahrmachen würden. Ein folgenschwerer Irrtum: Als die Preußen der Aufforderung nicht nachkamen, schossen zwei vor dem Frauen- und Böhmischen Tor aufgestellte Artilleriebatterien am 23. Juli 1757 in die Stadt hinein. Eisen- und Feuerkugeln, Karkassen und Pechkränze prasselten unentwegt in Häuser, auf Straßen und Plätze. Die Menschen schrien, suchten Deckung oder liefen innerhalb der Stadtmauern um ihr Leben. Viele machten den Fehler, Zuflucht in Kellern zu suchen. Jämmerlich starben sie darin an Sauerstoffmangel bzw. Kohlenmonoxidvergiftung. Gegen die preußische Order rissen die verzweifelten Bürger schließlich die Stadttore auf und flüchteten ins Freie.

Hauptziel der österreichischen Artillerie waren die Türme der Johanniskirche. Sogar Prämien bis zu 25 Dukaten sollen für einen Treffer ausgelobt worden sein, sodass allein auf dieses Bauwerk rund 4.000 Geschosse niedergingen. Der Südturm der Kirche stürzte krachend zusammen. Das Gotteshaus, mit ihr die Silbermannorgel und, schlimmer noch, die gesamte Stadt versanken in Schutt und Asche. Angesichts des Leides erinnerten sich die Zittauer nun wieder an ihr ‚Ascheweibchen'. Bitter bereuten sie, ihre Warnung in den Wind geschlagen zu haben. Einige meinten sogar, sie während des Bombardements als graue Gestalt schwebend über den Aschewolken gesehen zu haben. Auch danach noch glaubten die Leute, dass die Alte jede Silvesternacht und am Vorabend des Brandes mit mahnenden Worten durch die Straßen schwebt:
„Seid wachsam und klug,
dass weder Unglück noch Krieg,
am Ende euch besiegt!"

Der Kristallsarg im Kottmarberg

Diese Sage zählt zu den älteren mündlichen Überlieferungen in unserer Region. Sie stammt aus einer Zeit, als östlich der Elbe noch keine Deutschen lebten und die ansässige Bevölkerung vom Begriff Oberlausitz noch lange nichts ahnte. Hier siedelte der slawische Stamm der Milzener, dessen Hauptburg im Gebiet des heutigen Bautzen lag. Südlich schloss sich das Siedlungsgebiet der Böhmen beziehungsweise Tschechen an. Die slawischen Völker galten als Heiden, pilgernde Mönche, hauptsächlich aus Franken, sollten sie zum Christentum bekehren. Ziel der römisch-deutschen Kaiser war, im Reich homogene Herrschaftsstrukturen sowie Voraussetzungen für eine spätere deutsche Ostkolonisation zu schaffen. Dass die Missionierung nicht ohne Konflikte abging, wissen wir aus der offiziellen Geschichtsschreibung. Andererseits berichtet auch der Volksmund darüber, wie zum Beispiel in der folgenden Sage, die wir für Sie herausgekramt und neu erzählt haben:

Es soll vor über 1.000 Jahren gewesen sein, da pilgerte ein junger Mönch durch unsere Gegend. Sein Auftrag war, den Menschen im Land das Leben Jesu zu vermitteln und ihnen die Botschaft des Christentums ans Herz zu legen. Bei Gott, es war keine einfache Mission! Unendlich lange Wege, bergauf bergab durch kümmerliche Felder und dunkle Wälder musste der Mönch laufen. Und immer dort, wo er auf Leute traf, versuchte er, mit ihnen in Kontakt zu treten. Anfangs fiel ihm das schwer, denn er beherrschte kaum deren Sprache. Wie glücklich war er, eines Tages im Nordböhmischen an eine kleine Burg zu stoßen, in der ihm die Herrschaft freundliches Nachtlager gewährte. Wie der reisende Bruder bald mitbekam, hatte die Adelsfamilie eine Tochter. Sie war ihre Einzige, die Eltern liebten sie über alles und trugen sie auf Händen. Ein wunderschönes Geschöpf, wie der Mönch bald bemerkte. Er blieb ein paar Tage, und weil beide Gefallen aneinander fanden, saßen sie an den Abenden stundenlang am Kamin und redeten. Aufmerksam lauschte Wiarda - so hieß die Jungfrau - seinen Worten. Sie erfuhr vom Sohn Gottes, der für alle Menschen am Kreuz starb. Sie hörte auch von dessen Auferstehung und dem kommenden Reich des Herrn. Ganz warm ums Herz ward Wiarda bei den Schilderungen des Mönches. Mehr und mehr kamen ihr die Götzen und Gebete ihres Volkes fremd vor.

„Wie herrlich wäre es doch", meinte sie, „wenn ich für diesen Gott beten und nach meinem Tod in sein Reich gelangen könnte."

Alles, was der Bruder sagte, hatte sie nicht verstanden, doch ihr Entschluss stand fest: Sie wollte nach Rom gehen, die Taufe empfangen und fortan mit ihrer ganzen Person der christlichen Kirche dienen. Der Mönch hörte das gern und schenkte Wiarda als Zeichen ihres neuen Glaubens, ein silbernes Kreuz.

„Behüte es wohl", flüsterte der ihr ins Ohr.

„Solange du es trägst, wird es dich beschützen und vor bösem Zauber bewahren."

Nicht ohne Wehmut und in tiefer Dankbarkeit verabschiedete er sich von Wiarda und verließ die Burg.

Wiardas Eltern kam das Ansinnen ihrer Tochter, nach Rom zu gehen und dem christlichen Gott als Nonne zu dienen ungelegen. Trotzdem liebten die Beiden ihr Kind und nahmen auch dem Mönch die Bekehrung nicht übel. Doch etliche Wochen, nachdem Letzterer sie verlassen hatte, kam alles anders. Die ersten Freier erschienen vor den Toren der Burg und hielten um Wiardas Hand an. Jeder von ihnen gehörte zum slawischen Adel und manch einen hätten Wiardas Eltern gewiss gern als Schwiegersohn gesehen. Doch das Mädchen blieb entschlossen und der Vater wies alle Bewerber ab. Auseinandersetzungen gab es deswegen keine, bis ein scheinbar aus Mähren stammender Edelmann - von oben bis unten in schwarze Kleider gehüllt - vor den Toren stand und nach Wiarda verlangte.

„Gebt mir eure Tochter", forderte er im anmaßenden Ton.

„Sie ist eine Zier! Ich bin reich und ist sie fügsam, wird es ihr in meinem Burgward an nichts fehlen."

Dem Vater missfiel der Mann, denn so, wie er aus dem Nichts aufkreuzte, wie er sich gab, schien er dem Bösen verfallen und mit dunklen Mächten im Bunde zu stehen. Ein Hexer, ein heimtückischer Zauberer stand vor ihm, dem er seine geliebte Wiarda nie und nimmer anvertraut hätte. Dessen ungeachtet blieb er höflich und lehnte das ‚Erbitten' ruhig ab. Die Reaktion des Mannes fuhr dem Vater durch Mark und Bein. Drohend schaute ihn der Hexenmeister an:

„Verlass dich drauf, ich kriege deine Tochter. Und ist sie nicht willig, dann wird elend der Tod sie strafen!"

Warnend zischte er seine Worte und verschwand auf ebenso mysteriöse Weise, wie er gekommen war.

Damit sich auf der Burg keiner ängstige, hielt der Vater diese Begegnung geheim. Mutter und Tochter blieben arglos und so kam es, dass Wiarda an einem sonnigen Morgen im Frühjahr unbekümmert und nichtsahnend durch den Burggarten spazierte. Selbst der Vater konnte nicht wissen, dass der Zauberer Tag für Tag einen Raben ausschickte, um die begehrte Jungfer auszuspähen. Und heute war es soweit. Der Rabe sah: Wiarda hatte ihre Halskette mit dem silbernen Kreuz in ihrer Kemenate vergessen. Das Symbol des allmächtigen Gottes, gegen das die Macht des Hexenmeisters versagte, war von ihr getrennt. Nun endlich konnte er die lang ersehnte Beute greifen!

Wehmütig schauten die Eltern an diesem Tag von ihrem Burggemach auf Wiarda hinab. Wie herzerfrischend war es doch, sie im Garten umherlaufen zu sehen. Still beobachtete sie die Natur, bog sanft einige Zweige auseinander, erfreute sich am sprießenden Grün und am morgendlichen Gesang der Vögel. Schade seufzten beide, dass unsere Wiarda schon im Sommer nach Prag wandern und sich dort einem Reisetreck gen Rom anschließen wird. Persönlich vom Papst wollte sie die Taufe empfangen und danach im beständigen Gebet der christlichen Kirche dienen. Alles Bitten half nichts. Den Eltern blieb nur, die noch verbleibenden Monate zusammen mit ihrer Tochter in Eintracht und Liebe zu genießen. Sie standen da und hingen ihren Gedanken nach. Aber so wie der beschauliche Augenblick die reale Welt verdrängte, so kam sie mit Schrecken zurück! Erst vernahmen sie ein Pfeifen in der Luft, dann donnerte ein von zwei Greifen gezogener Wagen vom Himmel. Das Unfassbare geschah: Der schwarze Zauberer sprang heraus, riss Wiarda an sich und rauschte mit ihr in die Höhe. Schauderhaft hallte sein Gelächter vom Turm der Burg wider. Die verzweifelten Rufe Wiardas waren das Schrecklichste und zugleich letzte Lebenszeichen, das die Eltern von ihrer Tochter vernahmen. Bald lag über dem Garten wieder die Stille des Morgens. Nur zwei Spatzen machten ihrem Ärger durch aufgeregtes Zwitschern Luft.

Ohnmächtig im Schmerz blieben die Eltern auf ihrer Burg zurück. Jedes Fragen, alles Suchen war erfolglos. Niemand kannte den Hexenmeister, niemand vermochte zu sagen, wo seine Burg stand. Die Zeit verging, Wiardas Eltern kamen in die Jahre und vergruben sich in ihrem Kummer. Keine Freude, kein Lichtstrahl erhellte ihre Seele. Die Hoffnung, ihre Tochter wiederzusehen, oder wenigstens von ihr zu hören, hatten sie längst aufgegeben. Bis an einem kalten Winterabend ein gramgebeugter alter Wandersmann um Brot und Wärme bat. Am Kamin gab er sich als Pilger zu erkennen und sprach:

„Weit bin ich umhergekommen in böhmischen Gefilden und viele eurer Landsleute haben sich zum christlichen, dem wahren und einzigen, Gott bekannt. Sagt, edle Herrschaften, habt ihr nicht auch ein Zeichen unseres Herrn Jesu im Haus? Mich deucht, es wäre ein kleines silbernes Kreuz an einer Halskette."

Dem alten Ehepaar fuhr es durch Mark und Bein. Zitternd ging die Hausherrin in die Kemenate ihrer Tochter, kam zurück und reichte dem Pilger das über Jahre wohlbehütete Kleinod.

„Da ist es! Aber sprecht, woher wisst ihr davon, frommer Bruder?"

Der Alte drückte das silberne Kreuz mit beiden Händen an seine Brust. Mit traurigen Augen blickte er auf.

„Einst schenkte ich es eurer Tochter Wiarda. Erkennt ihr mich? Ich bin es, der fränkische Mönch, dem Ihr vor langer Zeit großzügig Tisch und Schlafstelle gabt."

Augenblicklich brach das Ehepaar in Tränen aus. Sie hatten bereits geahnt, wer vor ihnen saß. Flehend baten sie den Mönch, wenn er etwas wüsste, ihnen von ihrer Tochter zu erzählen. Er wusste, und berichtete den Eltern, dass der Zauberer Wiarda damals gewaltsam auf seine Burg brachte, aber welche Mittel er auch anwendete, er vermochte es nie, sie zu seiner Frau zu machen. Standhaft betete Wiarda zu ihrem Gott, verachtete das Götzentum und widersetzte sich Zauberei und Gewalt. Wütend hätte der Hexer Wiarda in ein Verlies unter der Burg gesperrt, worin sie einsam nach einem Jahr gestorben wäre. Sichtlich aufgewühlt, machte der Mönch eine Pause, atmete tief und erzählte weiter:

„Kurz darauf bestrafte Gott den Frevler! Ein Blitz fuhr auf ihn nieder. Und während er heue Höllenqualen erleidet, weilt die Seele eurer

Tochter im ewigen Reich Gottes. So, wie sie es sich an diesem Kamin einst erträumte."

Nach langem Schweigen stand den Eltern nur eine Frage ins Gesicht geschrieben. Der Mönch kannte sie nur zu gut. Er riet ihnen:

„Geht einen halben Tag gen Mitternacht (Norden) und ihr gelangt an einen Berg namens Kottmar. Wartet beim Fels an der Morgenseite (Osten), bis die Dunkelheit den Berg umhüllt. Haltet das silberne Kreuz gegen den Stein und ihr werdet eure Tochter wiedersehen."

Kottmar

Ohne lange zu überlegen, machten sich Wiadras Eltern trotz Kälte und Schnee in der Frühe des folgenden Tages auf den Weg. Sie taten, wie ihnen der Mönch geheißen, und vor ihren Augen öffnete der Felsen einen torartigen Bogen. Sie gingen hindurch und standen in einem mit Tausend Lichtern erhellten Gewölbe. Mittendrin ein kristallener Sarg, umrankt von Blumen und frischem Grün. Zögernd traten sie näher und da lag sie: ihre Wiarda, noch schöner und anmutiger, wie sie sie aus der Erinnerung kannten. Auf den Lippen trug sie ein seliges Lächeln. Überwältigt von Gefühlen sanken beide auf die Knie und legten das silberne Kreuz auf den Sarg. Keines Wortes fähig, zeigten lediglich

Tränen, wie froh zwei alte Menschen waren, endlich mit ihrer Tochter vereint zu sein …

Der Sage nach stehen die Särge von Wiardas Eltern bis heute im Kottmar neben dem ihrer Tochter. Ob sich das Felsentor jemals wieder aufgetan oder ein Mensch das Gewölbe je betreten hat, ist unbekannt. Nur manchmal, so munkelten die Alten, sind des Nachts drei kleine Flammen an der Ostseite des Kottmars zu sehen. Sie brennen für eine böhmische Adelsfamilie, die bis in den Tod zusammenhielt. Sie brennen für Wiarda, einem tapferen Mädchen, das ihren Weg zum Christentum fand und bösen Zauber besiegte. Vielleicht aber brennen sie auch für uns, damit wir nie vergessen, dass in jeder Sage ein Stück Weisheit und Wahrheit steckt.

Danke

Besonders bedanke ich mich bei den
Mitarbeiterinnen und Mitarbeitern des Staatsfilialarchives,
des Stadtarchives Bautzen und Löbau sowie der Bibliothek Bautzen
und der Christian WeiseBibliothek Zittau.
Nur durch ihre freundliche und engagierte Hilfe war es mir
möglich, dieses Buch zu erstellen.

Bildverzeichnis

Seite 40: Palais am Ballhausplatz in Wien,
heute Bundeskanzleramt,
Autor: Extrawurst vermutet,
in: commons.wikimedia.org

Seite 44: König Friedrich August I.,
in: commons.wikimedia.org

Seite 52: Ebertstein, Foto: Arnd Krenz

Seite 60: Ortseingang Karolinstal, Foto: Arnd Krenz

Seite 65: Teich bei Karolinstal, Foto: Arnd Krenz

Seite 66: Kirche in Nixdorf, Foto: Arnd Krenz

Seite 68: Botzenberg von Groß Schönau aus gesehen,
Foto: Arnd Krenz

Seite 69: Christuskreuz zwischen Botzenberg und Kaiserswalde,
Foto: Arnd Krenz

Seite 71: Ortseingang Kaiserswalde, Foto: Arnd Krenz

Seite 73: Markt in Schluckenau, Foto: Arnd Krenz

Seite 77: Sächsische Infanterie aus dem 18. Jahrhundert,
Autor: Kay Körner Dresden,
in: commons.wikimedia.org

Seite 83: Schloss Milkel um 1850,
in: Album der Rittergüter und Schlösser
im Königreiche Sachsen,
von G. A. Poenicke,
in: commons.wikimedia.org

Seite 89:   Lausche Anfang des 19. Jahrhunderts,
                 in: Erklärung des Panoramas der Lausche
                 bei Waltersdorf unweit Zittau,
                 von: F. A. Bernewitz,
                 im Bestand der Bibliothek Bautzen

Seite 92:   Lauschebaude Anfang des 19. Jahrhunderts,
                 in: Erklärung des Panoramas der Lausche
                 bei Waltersdorf unweit Zittau,
                 von: F. A. Bernewitz,
                 im Bestand der Bibliothek Bautzen

Seite 102:   Rathaus in Elstra,
                 Autor: Spitzhofer,
                 in: commons.wikimedia.org

Seite 106:   Markt in Elstra, historische Ansichtskarte,
                 Brück & Sohn Kunstverlag Meißen,
                 in: commons.wikimedia.org

Seite 109:   Pulsnitzer Straße mit Kirche,
                 historische Ansichtskarte Brück & Sohn
                 Kunstverlag Meißen,
                 in: commons.wikimedia.org

Seite 119:   Dreifaltigkeitskirche Görlitz, Foto: Arnd Krenz

Seite 123:   Seidauer Brücke, Foto: Arnd Krenz

Seite 127:   Zittau um 1850,
                 Autor: Ludwig Rohbock,
                 in: commons.wikimedia.org

Seite 132:   Mönch am Tor, Fotomontage Arnd Krenz,
                aus: pixabay.com

Seite 136:   Kottmar, Foto. Ingo Morgenstern

Seite 138:   Akten, Fotos und Montage: Arnd Krenz

Den einzelnen Geschichten liegen folgende Quellen zugrunde:

Seite 9:   Das behexte Lenchen
                Christian Weise Bibliothek Zittau,
                B249R Annalenchen Gottschalk und die
                Zwirnsabine in Zittau, Zauber- und
                Hexengeschichten vom Jahre 1701

Seite 24:   Von zweien, die auszogen, die Oberlausitz zu retten
                Staatsfilialarchiv Bautzen, 50001 Landstände
                der sächsischen Oberlausitz,
                Nr.: 45 und 46

Seite 52:   Wenn Steine reden könnten
                Stadtarchiv Löbau,
                Akte 699 Ebersdorf

Seite 60:   Mit dem böhmischen Wenzel scherzt man nicht
                Bibliothek Bautzen,
                Heimatklänge 22.11.1924 Nr.: 47

Seite 67:   Ein unvergessliches Weihnachtsfest
                Bibliothek Bautzen,
                Heimatklänge 20.12.1924 Nr.: 51

Seite 76:   Alkohol und Katzenjammer
              Staatsfilialarchiv Bautzen,
              50173, Nr.: 816

Seite 89:   Eine schaurige Nacht auf der Lausche
              Bibliothek Bautzen,
              Heimatklänge 02.07.1921 Nr.: 26

Seite 102:   Der Irre von Elstra
              Staatsfilialarchiv Bautzen,
              50044, Appellationsgericht Bautzen,
              Nr.: 928

Seite 119:   Die Sage vom Klötzelmönch zu Görlitz
              G. Schönfelds Verlagsbuchhandlung 1874,
              Der Sagenschatzz des Königreiches Sachsen,
              Dr. Johann Georg Theodor Gräße

Seite 123:   In Bautzen hängt man die Diebe zweimal
              G. Schönfelds Verlagsbuchhandlung 1874,
              Der Sagenschatzz des Königreiches Sachsen,
              Dr. Johann Georg Theodor Gräße

Seite 127:   Das Ascheweibchen zu Zittau
              G. Schönfelds Verlagsbuchhandlung 1874,
              Der Sagenschatzz des Königreiches Sachsen,
              Dr. Johann Georg Theodor Gräße

Seite 131:   Der Kristallsarg auf dem Kottmarberg
              G. Schönfelds Verlagsbuchhandlung 1874,
              Der Sagenschatzz des Königreiches Sachsen,
              Dr. Johann Georg Theodor Gräße